ルーン帝国中興記 2
～平民の商人が皇帝になり、皇帝は将軍に、将軍は商人に入れ替わりて天下を回す～
著 あわむら赤光 ill. Noy

The Rise of the Rune Empire

グレン兄さん、だんまりじゃ〜ん
おしゃべりしようよ〜
温泉地ラマンサにて。
北部戦線の疲れが湯にとけていく——。

戦と炎の女神フィアよ、
ご照覧あれ。
わたくしに
戦う勇気を与えたまえ。
薊姫
トルワブラウ軍アリノエ王家の娘。
火炎の魔法を操る当代の“薊姫”。

出たなバケモノめ。
必ず今日、決着をつけてやる。

魔法VS魔法、激突！
火炎を操る薊姫にユーリはいかに立ち向かうのか？

では全て予測
されていたのですか？

そうだよ？
大司教を引きずり落とす時に
比べたら簡単だったね。
パラ・イクス宮、夜風のバルコニーにて。
宮殿から全てを見通す異才は語る。

The Rise of the Rune Empire

CONTENTS

ルーン帝国中興記 2

～平民の商人が皇帝になり、皇帝は将軍に、将軍は商人に入れ替わりて天下を回す～

あわむら赤光

GA文庫

登場人物紹介

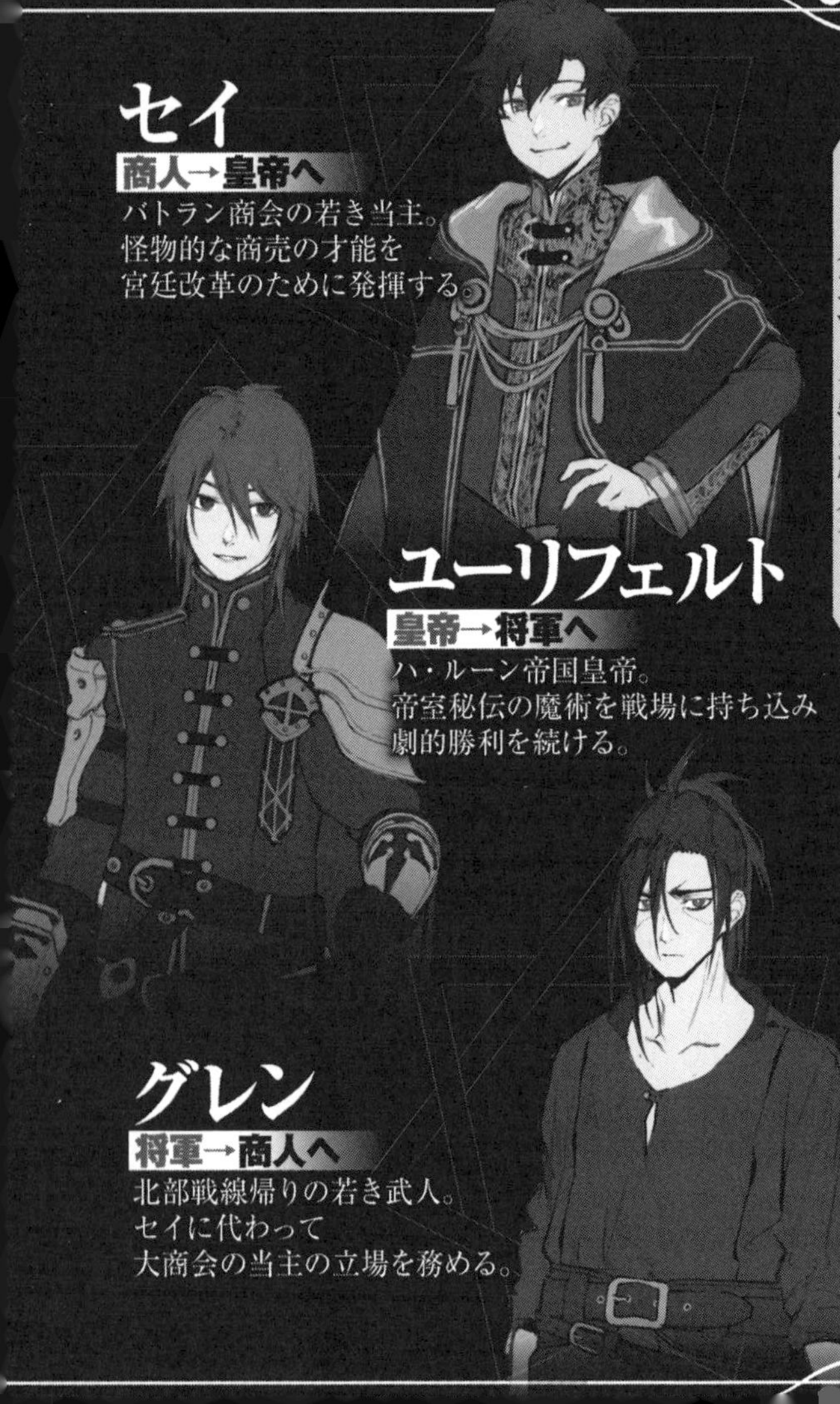

セイ

商人→皇帝へ

バトラン商会の若き当主。
怪物的な商売の才能を
宮廷改革のために発揮する。

ユーリフェルト

皇帝→将軍へ

ハ・ルーン帝国皇帝。
帝室秘伝の魔術を戦場に持ち込み
劇的勝利を続ける。

グレン

将軍→商人へ

北部戦線帰りの若き武人。
セイに代わって
大商会の当主の立場を務める。

ミレニア
帝国主席秘書官。
セイの内政改革に振り回される。

エファ
帝国次席秘書官。
ユーリの護衛として最前線へ。

ナーニャ
セイの妹にして優れた商人。
兄・グレンを支える。

ステラ
巷で人気の美しき妓女。
グレンと行動を共にする。

テッソン
グレンに仕える戦士。
ユーリの魔法的手腕を楽しむ。

ハリタ
民政局の局長。セイに見出され
雑用部署から一転。

リブラ
教団からセイが助けた少女。
宮殿で匿っている。

薊姫《あざみひめ》
トルワブラウの王家に
伝わる火炎魔法の使い手。

シュバルツ
バトラン商会の私兵隊隊長。
ナーニャの護衛を務める。

ネビル
トルワブラウの若き将軍。
薊姫を前線に招致した。

プロローグ

燃え盛る炎が、夜天を焦《こ》がしていた。

火事だ。

迎賓館《げいひんかん》が世にも豪奢《ごうしゃ》な松明《たいまつ》と化して、周囲の庭園を明々《あかあか》と照らし上げる。

勇猛果敢な北国兵たちが、その気質のままに懸命の消火作業に当たっているが、なにぶん水路が遠く、効果は上がらない。

不幸中の幸いは、屋敷の中に要人が残っていないことだ。トルワブラウ軍が接収し、ガスコイン将軍が仮住まいに使っている迎賓館であるが、ハ・ルーン侵略部隊の総司令を務める老人は現在、留守をしていた。

火事はこの迎賓館に留まらない。

城塞都市ヴェールのあちらこちらで、火の手が上がっていた。

ゆえに駐留軍二万を以《も》って鎮火に当たっており、ガスコインは総督府にてその指揮を執っている最中だったのだ。

ヴェールはハ・ルーン帝国北部における最大の都市である。

南北の大動脈たるヨルム街道上にあり、平時には交易の要衝《ようしょう》として栄え、有事には敵軍の侵攻を扼《やく》す。人口は十万を数える。

ただし帝国暦三〇一年四月末現在、この町を実効支配しているのは帝国ではない。

遡《さかのぼ》ること約二年前の話だ。北方三国の一角であるトルワブラウは、ハ・ルーンに対して宣戦布告。征伐軍を発起し、ネブラ川を渡って帝国領内へ攻め入った。

惰弱極まる帝国軍を相手に連戦連勝を重ね、このヴェールを陥落せしめたのが、ちょうど一年前の四月である。

彼らトルワブラウ軍はその後も南進と勝利を繰り返した。帝国領を思う様に侵略し、ついにはストラト山を望み、ハ・ルーンが有する黄金の中原までもう目前というところまで迫った。

ところがそこで、戦況が一変してしまった。

帝国軍がなんの前触れもなく手強《てごわ》くなり、今度は彼ら北国軍が連敗を喫する番となった。

挙句の果てには、このヴェールまで戦線を押し返される羽目となったのである。

国元ではここらが引き際《ぎわ》だという意見も出始めたようだ。ヴェールという交易の要衝を奪い、ハ・ルーンと講和を結ぶことができるなら、あるいは返還の見返りに何がしかトルワブラウ有利の条約を締結できるならば、二年間に及ぶこの戦役も大勝利といって過言ではないからだ。

逆に言えば、このヴェールを帝国に奪還されることだけは避けたい。

彼らトルワブラウ軍は、そういう状況に置かれている。

（――だというのに、この有様だ）

燃え上がる迎賓館を遠巻きにして、その青年はほぞを噛《か》んだ。

こんな折でも余念なく蜂蜜色の髪を洒脱《しゃだつ》に整えた、優男である。

名をグラハム・ネビル。

今ハ・ルーン攻めにおいて新進気鋭の将軍として大いに名を上げ、その実力は既に軍部でも三番手と目されている。

婿入りした次期伯爵で、歳《とし》は二十四。

ヴェール各所で起きた火事を鎮めるため、一隊を率いて奔走させられていた。

（およそハ・ルーンの間者の仕業《しわざ》であろうが、あまりに手際が良すぎる。そう、いっそ気味の悪さを覚えるほどに）

本来ならば、敵ながら見事と舌を巻くべき状況。

だがネビルは、不審に思う気持ちの方が強い。

人為的に火事を起こすというのは――たとえ夜間に乗じてのこととはいえ――言うほど容易な作業ではない。

闇《やみ》に紛れて家屋に火を点《つ》けるまではいい。しかし、一棟丸ごと燃え上がるまでに時間がかかるし、ひどく目立つ。

戦時中であり、しかもヴェールは最前線なのだ。当然、哨戒《しょうかい》の兵らが街の至るところを巡回しているし、彼らが火元を早期に発見する。そして大事になる前に人を集め、消火するだろう。

(――にもかかわらず、この有様だ)

ネビルはもう一度、ほぞを噛む。

一件でも難しいはずの火事が街の十数か所で同時多発的に起き、しかもその鎮火に部隊を派遣している間にまた別の箇所(それも今度はこの迎賓館のような重要施設!)にまで火を点けて回られている。

(いったい何百人の間者がいれば、このような大それた真似《まね》が可能だというのだ?)

あり得ない。異常すぎる。不審でならない。

そもそもネビルらトルワブラウ軍の首脳陣は、それほど大量の工作員に都市内部への侵入と潜伏を許すような間抜けではない。

帝国軍のいる南側の門と人流は閉め切っているし、本国のある北側からの物流も認可を与えた信用の置ける豪商たちだけに任せている。

無論、保全《セキュリティ》に完璧《かんぺき》を求めるのは不可能なことだ。商隊の下っ端等の中に、一人や二人の間者が紛れ込むのは防ぎようのない話。

だが十人にも満たない間者に、この大規模な放火工作が可能であるはずがない。

(先月以来か……戦《いくさ》の最中に今夜のような、しばしば不可解なことが起こるようになった)

帝国軍が急に手強くなったのと同時期だ。

炎と戦の女神フィアが降臨し給《たま》い、トルワブラウ兵を威嚇《いかく》してきたり——

実在しない幻影の奇襲部隊が現れて、ネビルら司令部の判断を惑わしたり——

逆に不可視の騎馬突撃で、こちらの陣を蹂躙《じゅうりん》したり——

(そう、どんなペテンかは定かではないが、ハ・ルーン人は幻影を操《あやつ》る。そうとしか思えない事態が頻発し、そのたびに我らは一杯食わされている)

だとしたら今夜のこの不審な大火も、幻影を使っての工作ではないのか？

ネビルはその前提で、改めて黙考する。


まず最初に起きた同時多発的火災、これはフェイクだ。

本来は数百人規模の間者を使わなくては難しい工作も、幻影などという荒唐無稽《こうとうむけい》な代物《しろもの》を操ることができるなら、火事が起きたように見せかけることは容易だろう。

あるいは、中には本物の火事も混ぜていたかもしれない。ある程度火が回るまで、遠目にはわからぬように幻影で隠蔽《いんぺい》すれば、ごく少人数でも不可能な話ではない。

ネビルらはそうとも知らず、まんまと鎮火に出動した。全軍の目が各地の偽火事へ集中した。

当然、重要施設の警護も手薄にせざるを得ない。でなければ消防作業の手が足らない。

その隙《すき》にハ・ルーン人は今度こそ本当に、重要施設へ順に放火して回ったのだ。

――と、例えばこんな作戦ならば、気の利《き》いた工作員の十人程度で実行できるはずである。

(今さら気づいても既に後手か……っ)

歯噛みするネビル。

だが彼は諦《あきら》めを知らない男だった。

才気煥発《かんぱつ》な洒落者《しゃれもの》で、苦労や挫折《ざせつ》とは無縁であると周囲に目されがちだが、その芯《しん》には極度の負けず嫌いな性分が備わっていた。

(考えろ――ハ・ルーン人の真の目的はなんだ?)

敵の作戦の全容さえ推測できれば、後手から挽回《ばんかい》することも不可能ではない。

(この放火工作自体が、陽動という線はないか? 町の内側で混乱を起こし、その隙に外から全軍で夜襲を仕掛けてくる可能性は?)

充分にあり得る話だ。

ただし、作戦としては弱い。いくら町のあちこちで火の手が上がっていようと帝国軍が攻めてくるならば、さすがにトルワブラウもその迎撃に専念するからだ。

もちろん対応は遅れるだろうし、戦っている間も町の一部が燃え続けたままというのは気が気でないが、それでもこの城塞都市の防衛能力を頼めば守り切ることはできる。

畢竟《ひっきょう》、火災があろうとなかろうと攻防戦の大局には影響しない。

(であらばやはりハ・ルーン人の目的は、重要施設を焼却すること自体にあると考えるべきだ)

ネビルはさらに熟考する。

もし自分が帝国軍なら、この状況でどこを狙《ねら》うか？

どこを焼き払えば最も効果的か？

(決まっている――南倉庫だ！　軍需品を山と積み上げた、あそこだ！)

兵糧や矢束《やたば》、医療品等が焼失すれば、いくら数万の兵がいようと、もはや軍隊として意味を為《な》さない。

いくら堅固な外壁があろうと、守城戦を続行できない。

「ここの消火はもういい！　移動するッ」

ネビルは声を張り上げて、麾下《きか》へ号令した。

兵らは最初、迎賓館が全焼してもよいのかと戸惑ったが、気鋭の将軍は見事な指揮統率能力を以って彼らを束ね、遅滞なく部隊を動かす。

己《おのれ》の読み予測を信じ抜き、軍需物資を守り通すことで、敵の作戦を挫《くじ》かんと南倉庫へ走る。

途上、ウォーカー将軍の一隊と鉢合わせた。

彼はネビルとは対照的な軍人である。

白髪の割合の濃い銀髪を、邪魔にならぬよう短く刈り上げた五十七歳。
トルワブラウでも屈指の宿将で、老練さに定評がある。
総司令ガスコインからの信頼も厚く、彼だけ他《ほか》の諸将らとは違って消火作業には参加せず、
帝国の工作員を捜索・捕縛するよう特別任務を与えられていた。
「これはウォーカー将軍！　ハ・ルーン人どもは見つかりましたかな？」
鼻っ柱の強いネビルだが、この経験豊富な老将に対しては一定の敬意を払っている。まるで
部下のような態度で傍《そば》まで馳《は》せ参じると、情報交換がてら首尾を訊《たず》ねる。
果たしてウォーカーはかぶりを振ると、
「それが、まるで埒《らち》が明かずに苦慮している。やれ怪しい一団を発見しただの、やれ帝国軍の
部隊が侵入しているだのと、目撃情報こそ兵らから絶えず上がってきているものの、いざ急行
しても一向に奴《やつ》らの尻尾《しっぽ》をつかめないのだ」
「ははあ、まるで煙のように消えてしまう、と」
「そんなわけがあるはずもなし、目撃情報が誤っていたのだろう。この火事と騒ぎだ、現場の
兵らが混乱を極めているのも致し方ない」
（――という常識に、ウォーカー将軍の方が凝り固まってしまっている、と）
ネビルは心のうちで苦笑いしたが、もちろん顔に出すほど拙《つたな》くはない。

ウォーカーは戦場において、およそ知らぬことはないのではないかというほど老練な男だが、だからこそかえって「帝国人が常識外れの手段を用い、幻影を操っているかもしれない」という発想が、出てこないのであろう。

(その目撃情報とやらも、恐らくハ・ルーン人の偽装《まぼろし》に相違あるまい)

とネビルにできる推測が、ウォーカーには思い至ることができない。

気鋭たる彼にとり、このベテラン将軍の能力が物足りなく感じる所以《ゆえん》、あくまで「一定の」敬意しか払うことができない所以だ。

ただし、敬意は敬意である。

内心では総司令ガスコインのことさえ小馬鹿《こばか》にしているネビルだが、ウォーカーのことは決して侮《あなど》りなどしない。

実際、ウォーカーは渋面《じゅうめん》を湛《たた》えつつも、力強い口調でネビルに提案してきた。

「かくなる上は工作員どもの捜索は諦めて、せめて最悪のケースだけは許すまいと、南倉庫へ走っていたところだ。何を焼かれても兵糧だけは守り切れば、ヴェールが陥落することはない。ネビル殿も協力してもらえまいか?」

「ええ、私もちょうど同じことを考えていたところです。喜んで同道いたしましょう」

ネビルは破顔一笑、請け負った。

(これだ！　これがオレがウォーカー将軍に、一目置くところだ！)

ネビルのように高い次元の視野は持っていなくても、同じ結論に辿《たど》り着いている。さすがは最古参の将軍殿、戦というものの勘所を心得ているのだ。

「では参りましょうか。私の部隊が先行します。ウォーカー将軍は後方の警戒を」

「承知した。さすがネビル殿は頼りになる」

「ハハ！　こちらこそですよ」

頼もしい僚将を得て、ネビルは意気揚々《ようよう》と南へ再出発した。

両者の部隊を合わせれば、兵一千を超える。

たとえ帝国の工作員が何百人と侵入していたとしても、余裕で撃退できる兵力だ。

ましてネビルの推測では、敵は幻影を巧《たく》みに用いているだけ。実数は少ないという読みだ。

（ハ・ルーン人め。派手に火を点けて回って、せいぜい浮かれていろ）

楽しい気分も今のうちだけだぞと、ほくそ笑むネビル。


――その形相がにわかに強張《こわば》った。


行く手に、数百人の帝国兵を発見したのだ。

それも工作員などではない。完全武装した戦闘部隊だ。

寝静まった商店街の通りを、わずかな松明を頼りにいずこかへと急いでいた。

（本当にいたのか⁉　こんな大勢の敵部隊に侵入を許したのか⁉）

ネビルは驚愕《きょうがく》を禁じ得ない。

だがプライドを総動員して頭を冷やし、遅滞なく麾下に交戦を命じる。

敵兵らもこちらに気づくや抜刀し、鯨波とともに襲い掛かってくる。

「ネビル殿らに助太刀せよ！」

とウォーカーの部隊も駆《か》けつけて、たちまち混戦となった。

昼間は呼び込みの声で賑《にぎ》やかな町通りが、月光を浴びた白刃閃《ひらめ》く巷《ちまた》と化す。

（だが、やはりおかしい……。腑《ふ》に落ちない……っ）

ネビルもまた卓越した剣技と愛刀を振るって一人、二人と斬り捨てながら、彼の冴《さ》え渡った頭脳は別の生き物の如《ごと》く思考を続ける。

（例えば幻影を用いて姿を完全に消してしまえば、数百人の部隊だろうと城内深くまで潜入は可能だろうか？　ヴェールを囲うあの高い壁を越えて？　外郭の上にも通りにも、多数の兵が哨戒している中で？　チラとも気配を悟らせず？　なるほど十人そこらなら余裕な話だろうが、それが部隊規模となれば可能なこととは思えない――）

そこまでネビルは考えて、また一人を斬り伏せつつ首を左右に振る。

（違う！　違和感の元はそこじゃない。連中が完全に姿を消して見事、城内に侵入できたとしよう。ではなぜ、オレたちに発見される無様を晒したのだ？　それがおかしいではないか！）

ネビルは激しい感情を一刀に載せ、また一人を正面から斬り倒す。

(考えろ――この状況に最も説明のつく偽装《まぼろし》はなんだ？　オレならどう効果的に用いる？)

敵兵に鍔迫《つばぜ》り合いの形に持ち込まれ、膂力《りょりょく》を振り絞るその最中もネビルは自問する。

そして、正しき自答に至る。

(オレならトルワブラウの部隊が、帝国の部隊に見えるように偽装する。それも、い、い、いお互いに)

結果、同士討ちだ。

互いが互いを敵兵と信じ、殺し合う羽目となる――


「待て！　オレは味方だ！　ネビルだ！　双方、剣を収めよッ！」

「血迷うたか、ハ・ルーン人！　言うに事を欠いて、我らがネビル将軍を騙《かた》るかよ！」


ネビルと鍔迫り合いを続ける帝国兵――否《いな》、そう幻影で偽装された北国兵が、まるで侮辱《ぶじょく》を受けたかのようにますますいきり立った。

致し方ない。ネビルだとて戦いの最中に、敵がいきなり「私は総司令ガスコインだ。今すぐ武装解除せよ」などと言い出したら、その世迷言ごと斬って捨てるだろう。

(クソッ。なんて狡猾《こうかつ》な奴だ！　幻影などというハッタリを、こうも見事に使うかよっ)

ネビルはまだ見ぬ敵を相手に舌を巻いた。

帝国軍中にいる幻影の使い手に、激しい脅威を覚えた。

真実に至りながら、それが自分一人だけではどうすることもできないのだ。

味方とわかっていても剣を振りかざして襲い掛かってくるなら、返り討ちにせざるを得ない。

まして命のやりとりの最中で、双方の兵らを説いて回るなど不可能だ。


結果――

ネビルたちはよりにもよって味方の部隊に阻《はば》まれ、帝国軍の目的を読み切っていながらも、みすみすその兵站《へいたん》破壊作戦を許した。

南倉庫は、中の軍需物資ごと焼き払われた。

その間もずっとネビルは同士討ちに明け暮れていた！


「他愛無いものだな。トルワブラウにもよほどの用兵家がいるのだろうが、戦のつもりでいる限りずっと余の掌《てのひら》の上よ」

煌《きら》めくような蒼髪《そうはつ》の青年が、外郭の上から火の海と化した倉庫街を見下ろし、せせら笑った。

町を囲む石壁の上には、未《いま》だ大勢の歩哨《ほしょう》が立っていたが、誰も青年のことに気づかない。

幻覚を用いる魔法使いの闊歩《かっぽ》を止められない。

生まれは「皇帝」、なのに現職は「将軍」。それが彼、ユーリフェルトだ。

十九歳で早すぎる戴冠をして三年、佞臣《ねいしん》どもに周囲を固められ、思い通りに治世を敷くこともできない状態に嫌気が差し、最前線へとやってきた。

ある晩、偶然出会ったバトラン商会の長セイ、及び豹騎将軍《ひょうきしょうぐん》グレンと三人それぞれの立場を入れ替えることにより、お飾りの皇帝位を放り出してきた（後世にいう「奇跡の一夜」）。

ユーリフェルトが生まれ持つ、魔法の力がそれを可能にした。

そう――

今の彼はユーリフェルト四世ではなく、帝国有数の武門として知られる男爵家の嫡子《ちゃくし》にして、若輩《じゃくはい》且《か》つ末席の将軍グレン・カイトのふりをしながら、ハ・ルーン北部方面軍に参陣しているというわけだ。

外郭上の見張り塔へ、ユーリフェルトはまるで散歩のように侵入する。

螺旋《らせん》階段を上って頂上へ出ると、そこにあった松明の一本を拝借。
○を描くように三回、×を描くように二回、灯火《ともしび》が城外からも見えるように大きく振って、合図を送る。

見張り塔にはトルワブラウ兵が幾人も詰めていたが、誰もユーリフェルトを咎《とが》めない。幻影魔法により、彼らにはこちらの姿が全く見えていないからだ。

ユーリフェルトは難なく手筈《てはず》通りに、松明信号を送り終える。

夜闇に潜み、郊外で待機していた味方の軍が、これで動き出すはずだ。

ほどなくヴェールを攻め陥《お》とさんと、一万五千の兵が怒涛《どとう》の如く押し寄せるだろう。

南倉庫の敵輜重《しちょう》を焼き払うことも含め、ユーリフェルトが自ら提案し、帝国北部方面軍・総司令キンゲムが承認し、「豹騎将軍グレン」へと与えられた任務はこれで全うできた。

見張り塔を下りて外に出ると、城内に放った十三人の部下たちも戻ってきている。

昼間、ユーリフェルトとともに都市内へ潜入し――このくらいの少人数ならば、魔法で姿を消し、認可を得て入城する商隊の脇を一緒になって、北城門を素通りすることも可能だった――夜になって城市《まち》のあちこちに火を点けて回った工作員たちだ。

「皆、ご苦労だった」

「なあに、苦労というほどのものはありませんでしたよ、グレン坊ちゃん」

と、笑って応じる余力を残す老騎士テッソン以下、男爵家に長年仕える古強者《ふるつわもの》ども。

カイト家というのはその昔から実戦場で名を馳せる、極めて実際的な武門であり、現当主の薫陶《くんとう》よろしきこの者らも、ただ武芸と勇気に長じた「武人」というより、いくさ場のことなら何でもできるし汚れ仕事も厭《いと》わない「軍人」という風情《ふぜい》だった。

ユーリフェルトがグレンのふりを始めて一月と少し、信頼に足ると思えるほどのつき合いはまだないが、信用に足るとは早や思わせてくれるほどに優秀だった。

火点けも擾乱《じょうらん》もお手の物だ。


そして最後に、ユーリフェルトが信頼しているエルフの秘書官が、南倉庫街から帰ってくる。

名をエファ。

歳は彼と同じ二十二。

大人の女には見えない童顔と、成熟しきったと表現する以外ないグラマラスな体つき。屈託《くったく》のない笑顔で、はちきれんばかりの胸をどたぷん、どたぷん、揺らしながら駆け寄ってくる。

これで密偵としての技能も一流だから、人は見かけによらない。

「ただいま戻りました、ユーリ様っ」

「遅い」

「わたしにはねぎらいのお言葉はないんですか⁉」

「浅ましい奴め。一番遅れて戻っておいて、よくぞねだれるものだな」

「わたしの任務が一番大変だったんですよ⁉　兵糧とか山のよーにあったんですよ⁉　ぜんぶ燃やしてくるのキツかったんですからね⁉」

「言い訳はいい。結果を出せ」

「だからきっちり完遂してきたじゃないですか～。わたしじゃなかったら、きっともっと時間かかってましたよ～」

涙目になって泣き言をまくし立てるエファ。

だがユーリフェルトはテッソンらに対するのとは違い、エファには甘い評価はしない。これすなわち信頼の証である（断言）。

取り付く島もない態度でエファの泣き言を聞き流し、城外へと目を向ける。

帝国軍の夜襲が始まっていた。

もう炬火《きょか》を隠しもせず、城塞都市へと殺到してくる。

各所の見張り塔に詰める北国兵たちもとっくに気づいて、盛んに警鐘を鳴らしている。

受けてか、総督府の方からはけたたましい喇叭《らっぱ》の音が聞こえてきた。

トルワブラウ全軍に、総撤退を下知《げじ》する調べのようだ。

「急げ！」

「ヴェールはもうダメだ！」

「置いていかれるぞっ」

と外郭上にいた歩哨の兵たちが、大わらわで逃げ出していく。

城内へ目を向ければ、消火活動をとりやめて北門の方へと移動していく敵部隊の様が、各地で窺《うかが》える。それはもう一斉に、潮が引いていくような勢いだ。

ユーリフェルトは嘆息《たんそく》一つ、

「敵ながら潔いものだな。一戦も交えることなく、この城塞都市を放棄するか」

テッソンが答え、

「兵糧を失った状態で立て籠《こも》ったところで、遅かれ早かれ陥落は免れませぬからな。ならば今すぐ放棄するのが、一番被害も少ないでしょう」

「道理だ。しかし、理屈がわかっていてもその通りにできん奴らが、世には蔓延《はびこ》っている」

「だからこそ手強いのでしょうな、トルワブラウ軍は」

テッソンの評価に、ユーリフェルトは重く首肯した。

戦場に立ってからというもの、そのトルワブラウ軍を相手に連戦連勝――それも圧勝――し続けているユーリフェルトが、だ。

（もし尋常の戦であれば、彼奴《きやつ》らはこうもあっさりと勝たせてはくれまいよ）

そのことを自分は忘れてはならない。肝《きも》に銘じなければならない。

慢心してはならない。トルワブラウ軍を侮ってはならない。

だからこそ容赦《ようしゃ》も、斟酌《しんしゃく》もなく――

（余は武人の誉《ほま》れを踏み躙《にじ》り、身も蓋《ふた》もない勝利をつかみ続ける）

敵軍を帝国領の外へと追い攘《はら》い、ハ・ルーンを安んじるその日まで。

第一章　燃える夏の始まり

季節は初夏。

帝国軍がヴェールを奪還し、二か月が経《た》とうとしていた。

その間に大きな事件が起きた。アマガネク教の帝国支部が独断により信徒を扇動《せんどう》し、各地で武装蜂起したのである。

ヴェールも例外ではなく、市民の中でも特に信仰が篤《あつ》い一部の者らが暴徒と化して襲い来るのを、ユーリフェルトたちは兵を指揮して鎮圧しなければならなかった。

しかも兵の中にまで反旗を翻《ひるがえ》す者が現れ、彼らに兵糧を焼き払われる羽目となった。

「ユーリ様がトルワブラウ軍のご飯を燃やして困らせようだなんて陰険な作戦を企《たくら》んだから、天罰が下ったんですよ！　同じ目に遭ったんですよ！」

などとエファが寝言をほざいたから、柔らかな頬《ほお》を抓《つね》って黙らせなければならなかった。

不幸中の幸いに、鎮圧自体はすぐに済んだ。

皮肉にも二年に及ぶトルワブラウとの戦役のおかげで、北部方面軍は恐ろしく実戦慣れしていた。武装も粗末な暴徒など敵ではなかった。

また失った兵糧も市民から徴収することで、その場凌《しの》ぎにはなった。兵らにも民らにも粥《かゆ》を十倍に薄めるような食事をさせることで、一月は保つ計算だった。

無論、そんな真似《まね》をすれば、普通は兵や民の不平不満が爆発する。

しかしユーリフェルトが魔法によって、彼らに満腹だと錯覚させてやることで、無理やりに解決した。不平や不満はどこからも聞こえてこなかった。

さらには帝都において大司教ホッグ以下、首謀者たちがみな戦死したため、一連の宗教反乱自体が急速に終息していった。

蜂起からわずか五日のスピード決着である。

ホッグらがあまりに無為無策すぎたか。

あるいはユーリフェルトの代わりに「皇帝」となった、セイの手腕によるものか。

ともあれ、一か月はひもじい想《おも》いをする覚悟——ユーリフェルトとエファには、幻覚が効かなくなる呪紋《じゆもん》が胸に刻まれている——だったのが、思ったよりも早く飯にありつけるわけだ。

粥を十倍ではなく三倍に薄める程度でも貯蔵が保つ計算に変わり、やつれていた頬も徐々に戻っていった。

帝国歴三〇一年、六月二十九日。

セイの手配した輸送隊第一陣が、満載した食糧とともにヴェールに到着した。

運搬の責任者はジリク男爵家の嫡子《ちゃくし》で、レドリクという名の青年官僚だ。

聞いてユーリフェルトは「はて？」と首を傾《かし》げた。

レドリクのことはよく知っている。下級貴族の生まれながら先代女帝《はおや》に利発さを見込まれ、皇太子の学友に相応《ふさわ》しからんと机を並べて高等教育を受けた仲。

苦労人で努力家で、彼の人生における艱難辛苦《かんなんしんく》の数だけ顔に皺《しわ》が刻まれたような男だ。その老け顔を、ユーリフェルトは目を閉じれば克明《こくめい》に思い出すことができる。

現在は財部省主計局《ざいぶしょうしゅけいきょく》におり、帝都でエリート街道を驀進《ばくしん》中のはず。

いくら責任者とはいえ、こんなヴェールくんだりまで食糧を運ぶ端役などと、職掌としても地位としても筋が違う。

「レドリクには末は財相《たからべ》となり、余の腹心として辣腕《らつわん》を振るってもらう腹積もりだ――」

ともに力をつけた上で、いずれ皇帝に戻ったユーリフェルトの引き立てがあれば、下級貴族が大臣となるのも不可能ではないはずだ。決して絵空事ではないはずだ。

だが、容易な話だとも思ってはいない。

「レドリクにもこんなところで道草を食っている余裕など、ないはずなのだがな……」

ユーリフェルトはぶつぶつとこぼし続ける。

都市中枢に鎮座する総督府。

三階建ての大きな庁舎内にある、他《ほか》の将軍たち同様に宛がわれた個室のことだ。

二間続きで寝室と執務室を兼ねている。

その話を報《しら》せてくれたエファが、ユーリフェルトの言葉に相槌《あいづち》を打ち、

「どちらかというと民政局みたいな、雑用部署の人がやるお仕事ですよね。財部省の指図で」

「まさに然《しか》りだ」

「もしやレドリク様てば何かやらかして、民政局に左遷されちゃったり……ですとか？」

「馬鹿《ばか》な。あの能吏に限ってそんな粗相があるとは思えん」

戯言《ざれごと》だと一笑に付すユーリフェルト。

エファも本気で言ったわけではないのだろう、おどけた態度で舌を出した。


そのレドリクから面会したいとの申し出があった。

「今上陛下《きんじょう》」より「豹騎将軍《ひょうきしょうぐん》グレン」には特別に挨拶《あいさつ》して参るようにと、仰《おお》せがあったらしい。

聞いてユーリフェルトもすぐピンと来た。レドリクには今回、代理の皇帝と本物の皇帝の間を橋渡しする、メッセンジャーとしての役目も託されていたのだと。

「それにしたって主計局の者をわざわざ使わずともよかろうに……」

「まあまあ、まずは会ってみましょうよ」

「しかしセイも抜け目のない。いつどこでレドリクと面識を得たのか……」

エファに宥《なだ》められつつも、ぶつぶつこぼし続けるユーリフェルト。

なおエファには近習の少年だと周囲から見えるよう常に魔法をかけてあるので、「どうしてこんなところにエルフが？」と驚かれる心配はない。

そして、執務室で待つことしばし——

「お初にお目にかかります、将軍閣下！」

大きく明るい声音とともにレドリクが訪れた。

ユーリフェルトは目を瞠《みは》る。

懐《なつ》かしいはずの学友の顔が一瞬、まるで別人のように見えたからだ。

すわいったい何事か？　目を細めて、さらによくよく観察する。

まだ二十と少しの若さで老け顔なのは相変わらず。

しかし皺の数が減ったように見える。

以前は気苦労の絶えない男だったが、昨今それが減じられたとでもいうのか？

さらにはこの明るい表情といったらどうだ？　確かに官吏として精力的な男ではあったが、
今のレドリクはいっそ「潑溂《はつらつ》」として見えるのだ。

（何か大きな人生の転機でもあったというのか……？）

ますます怪訝《けげん》に思うユーリフェルト。

その間にもレドリクが屈託《くったく》なく名乗り出す。

まさか目の前の人物がかつての学友その人だと気づかず、あくまで初対面の「豹騎将軍」に対する態度で――

「レドリク・ジリクと申します。今上陛下の勅《みことのり》を賜《たまわ》り、民政局よりやって参りました！」

（本当に左遷されておるではないか⁉）

ユーリフェルトは思わず白目を剝《む》いた。

隣ではエファもびっくり、「やっぱり何かやらかしたんじゃ⁉」とその顔に書いてある。

もう本当に帝都でいったい何が起きているのか……。

ユーリフェルトは冷や汗を垂らしながら確認する。

「さて民政局というのは、どのような部署であったか……。私は武官ゆえ省庁のことは詳《つまび》らかではないが、ていのよい雑用部署だと小耳に挟んだことが……いや、私の記憶違いであろうな。どうか気を悪くしないで欲しい」

「ははは！　雑用部署だと陰口を叩《たた》かれていたのは本当のことですよ」

レドリクは気分を害するどころか笑い飛ばし、それから説明を始めた。

「民政局はこのほど組織改編で、今上のご直轄《ちょっかつ》となりまして――」

（ほう！　もしや地位が向上したと？　セイの奴《やつ》が何やら勝手をしておるのは面白《おもしろ》くないが、それならまあレドリクの異動も理解でき――）

「とはいえ今度は陛下にコキ使われるようになっただけの、雑用部署なのは変わりありませんがね！　私など陛下ご直々に左遷を命じられて嘆《なげ》いておりますよハッハッハ」

（セイの奴め！　余の将来の能臣に何をしてくれておるかっ！！）

ユーリフェルトは思わず頭を抱えそうになった。

レドリクの前でなかったら確実にそうした。

またショックのあまり、レドリクの様子が口とは裏腹に誇らしげなものである奇妙さに、気づかなかった。

そのレドリクが、冥利《みょうり》に尽きる仕事を与えられた男の顔つきのまま、

「話は変わりますが――グレン卿の達《たっ》てのご要望通り、食糧は多めに持って参りました。今、部下たちが市民に配布しておるところです」

「それはありがたい」

ユーリフェルトも気を取り直して笑顔を作る。

「兵糧を焼かれ、市民から徴発するに当たって、彼らの不満を宥めるために三倍にして返すと布令を出したのだが、おかげで反故《ほご》にせずにすむ」

「感謝はどうか今上陛下に。このごろの今上は、ますます民を慈しむお気持ちを強くなされたご様子で、グレン卿のその措置にも『まこと正しき判断』との思《おぼ》し召しにて。すぐにも国庫を開いて民に振る舞うようにと、ご沙汰《さた》を賜ったのです」

「さすがは『ユーリフェルト陛下』だ、ご政道のなんたるかを知り尽くしてあらせられる」

とユーリフェルトは歯が浮くような世辞を口にしながら、

(余に向かって「民の方を向いていない」などと啖呵《たんか》を切ったのは今上《セイ》だからな。当然、気前よく支払ってくれるだろうよ)

今度は演技ではなくほくそ笑んだ。

これが立場が逆だったら、「そんな約定を現場で勝手に取り付けるな」と小言を添えたり、あるいは「現場の判断というなら、その尻拭《しりぬぐ》いも現場で完結しろ」と突っぱねたであろう。

ユーリフェルトはその皮肉っぽい顔つきのままさらに、

「レドリク殿には言伝《ことづて》を頼みたい。聡明なる今上のご厚情を賜りたき儀が、もう一つあるのだ」

「承りましょう」

「この機に北部方面軍の増員を是が非にもと、今上にお伝え願いたい」

ユーリフェルトはその必要性について雄弁に語る。

アマガネク教徒の武装蜂起を鎮圧するのに、やはり損害ゼロというわけにはいかなかった。

特に兵の中から少なくない造反者が出て、これを討たねばならぬのが痛恨《つうこん》だった。

ユーリフェルトが前線に来た時、二万いた方面軍の兵力が――無論、本来のトルワブラウ軍との戦いでの損耗もあって――現在は一万八千まで落ち込んでいる。さらに療養中の負傷兵も差っ引けば、実兵力は一万五千ほどか。

これを埋め合わせるだけの増援を、セイにはぜひ派遣してもらいたいのだ。


「お話はわかりました、将軍閣下――」

聞いて、レドリクは即答した。

「――しかしながら、そのご期待には添えませぬ」

「なんだと」

ユーリフェルトは目を鋭くする。

この要請は高度に政治的な問題で、今上《セイ》自身の判断ならともかく、雑用部署のメッセンジャー風情《ふぜい》がその場で可否を決めていいレベルの話ではない。

(そんなこともわからぬ貴様ではあるまいに。……能吏だと思っていたが、知らぬ間に錆び付いたか？　あるいはセイと交わり、良からぬ影響を受けたか？)

場合によっては評価を改め、ユーリフェルトが描く未来の閣僚リストから排除せねばならぬと冷徹に値踏みする。

果たして、レドリクは答えた。

「今上陛下よりグレン卿へ、ご親書をお預かりしております」

恭《うやうや》しい手つきで、一通の手紙を差し出した。

ユーリフェルトは眉《まゆ》をひそめて受けとると、ざっと目を通す。

軽薄なセイに似つかわしい、ダンスでもしているかのような筆致で、こう綴《つづ》られていた。

『各地の武装蜂起で、被害を受けているのはどこも一緒だからね。北部方面軍にだけ兵を回す余裕なんてどこにもないからね。恨《うら》むなら大司教《ホッグ》を恨んでね』

読んで、ユーリフェルトは雷に打たれたような衝撃を受けた。

セイのこの文面は、「ユーリフェルトはきっとこう言ってくるだろうから、こう返事する」と完全に予測できていなければ、書けないものだからだ。

後ろから手紙を覗《のぞ》き見したエファも目を丸くしている。

本来は礼を失したその行為を、ユーリフェルトは咎《とが》めることも失念し、レドリクへ訴える。

「今上の仰せはもっともである！　だが私にも言い分があるのだ！」

「わかりました、それも承りましょう」

「トルワブラウ軍を帝国領から打ち攘《はら》う機会が今、目の前にあるからだ！」

ユーリフェルトはその理由について雄弁に語る。

ヴェールで宗教反乱が起きた騒動や、兵糧を焼き払われた時に発生した大量の煙は当然、トルワブラウ軍にも察知されたに違いない。

すなわち敵軍からすれば、横槍《よこやり》を入れる絶好のチャンス。

にもかかわらず結局、北国軍は攻めてこなかった。

恐らくは、このごろずっと帝国軍に叩きのめされているため、彼奴《きやつ》らは完全に委縮しているのだ。少しの嫌がらせや、ちょっかいをかけることさえ躊躇《ためら》ったのだ（レドリクには説明できないが、またも幻影魔法の仕業《しわざ》ではないかと疑心暗鬼に陥《おちい》っている可能性もある）。

ともあれ――

相手がこちらを畏《おそ》れるのならば、こちらは一気呵成《いっきかせい》に攻めるべき。

士気を喪失した軍ほど、脆《もろ》いものはないのだから。

「お話はわかりました、将軍閣下――」

聞いて、レドリクは即答した。

「――しかしながら、そのご期待には添えませぬ」

「なぜだ！」

ユーリフェルトはもう目を剝いて唸《うな》った。

「今上よりもう一通、ご親書を預かってございます」

レドリクはしかつめらしく手紙を差し出した。

ユーリフェルトは苦虫を嚙《か》み潰《つぶ》したような顔で受けとり、目を通す。


『奪われた領土を全部、取り返したい気持ちはわかるよ？　俺《おれ》だって可能ならお願いするよ？　でも無理なもんは無理だし、差し当たりヴェールを奪還できたんだから、その確保に専念するのだって大事なことでしょ？　ヴェールの南までまだ流通も治安も回復しきってないんだしさ。そこにいる民の暮らしぶりを安定させることの方が、俺的には大事なの。今のまんまの兵力で攻めに出るのは不安でも、ヴェールを守るのは余裕でしょ？　恨むならホッグを恨んでね』


読んで、ユーリフェルトは歯軋《はぎし》りし、全身をわななかせた。

セイの言い分が、口惜《くちお》しいほどに正論だったからだ。

ただし、あくまで一理を認めただけだ。

セイの方が全面的に正しいわけでも、ユーリフェルトが間違っているわけでもない。

今こそ攻めに出るべきか、手堅く守りに入るべきか、どちらを採っても帝国の回復に繫《つな》がり、優劣ではなく一長一短があるにすぎない。

その上で、ユーリフェルトは領土奪還こそを重視し──

(民、民、民！　口を開けば貴様はいつもそれか、セイ！)

腹立たしさのあまり、手紙を破り捨ててしまいそうになる。

それくらいユーリフェルトには、セイの論法は偽善めいて聞こえる。

あるいはセイも平民生まれには違いないのだから、ポジショントークというべきか。

仮にも玉座を貸してやっているのだから、もっと視野を高く持てと！

「聞いてくれ、レドリク殿！」

「ええ、いくらでも伺いましょう、将軍閣下」

「私とてまずヴェールを確保することが、どれだけ大事かは理解している！」

ユーリフェルトはその判断について雄弁に語る。


そもそもヴェールを奪還して以来、二か月が経とうとしているのだ。

その間ずっとトルワブラウと継戦すべきだと、主張していたわけではない。

奪還作戦に当たり、市内各所に火を点《つ》けて回った。焼け落ちた建物や周辺道路を、そのままにしておくことなどできなかった。まずは都市機能の復元が優先であり、これを為《な》さねば民心は帝国から離れ、兵理の観点から見ても本当の意味で拠点確保できたとは言えなかった(そう、ユーリフェルトだって別に民心を蔑《ないがし》ろにはしていないのだ！)。

最低限度の再建に一か月がかかり、これは作戦を立案した時点でユーリフェルトも織り込み済みであった。これで足止めを食うのは納得ずくだし、自分もまた要衝《ようしょう》の確保の重要性を理解している何よりの証左となろう。

問題は次の一か月だ。

宗教反乱という寝耳に水の事態が起こり、トルワブラウと戦争どころの話ではなくなった。事態が落ち着くまで静観もやむなしと、ユーリフェルトも判断した。

ただし面白くはなかった。降ってわいた災難で、都合二か月も足止めを受けるのは、焦《あせ》りを禁じ得なかった。

そして、いよいよ雌伏の時が終わったと思えば、今度はセイが自重せよと言う。

これを納得するのは難しかった。

「お話はわかりました、将軍閣下――」

聞いて、レドリクは即答した。

「――しかしながら、そのご期待には添えませぬ」

「だからなぜだ！」

「今上よりさらに一通、ご親書を預かってございます」

「よこせ！」

ユーリフェルトはもうひったくるようにして目を通す。

『無理に無理を重ねるような戦争をしたら、国庫が傾くだろ？　じゃあなんのために戦争してんのよって本末転倒だろ？　まあ、十月まで待てよ。そしたら俺が帝国を立て直して、そっちに増援を送る余裕も出るからさ。約束する。だからユーリはヴェールでどーんと構えてろよ。焦ることないだろ？　というか焦ってるのはユーリの都合だろ？　一年で北部戦線を解決するって啖呵を切っちまったもんな』

（あの野郎っっっ！）

ユーリフェルトは思わず皇帝（本物）にあるまじき口汚さで、罵《ののし》りそうになった。

それはもう憤懣《ふんまん》やる方なく、これで用事は済んだとばかりにレドリクが帰っていった後に、執務机で咆《ほ》えていた。

「余が帝権を貸し与えたのをよいことに、増長しているのではないか、あの男！」

「でもユーリ様、お飾りの帝権なんて意味なさすぎって、いっつも嘆いてたじゃないですか」

「今は屁理屈を聞きたくない！」

エファの的確なツッコミに、ユーリフェルトは子どもっぽい態度でそっぽを向く。

一方、エファは机に並べられた三通の手紙（破り捨てなかったのがユーリフェルトの最後の

理性だ）をしげしげと眺めつつ、

「それにセイ様、的を射たこと言ってますよね。予想以上にデキる人なのでは？」

「くっ……」

何も反論できず、ユーリフェルトは歯噛みする。

実際、レドリクをむざむざ帰したのは、セイの手紙に論破されたからだ。

特に最後の一通、「攻勢に出るべしと焦っているのは、国益ではなくユーリフェルトの自己都合にすぎない」という指摘は痛かった。胸に刺さった。

「何よりあの男め、帝都にいながらにして、まるで余の言葉のいちいちを予見していたが如《ごと》き真似をしてくれおって薄気味悪い！　さては物の怪の類《たぐい》か⁉」

「あー、確かにすごーく頭のイイ人だなっては、わたしも感じたんですけどー……」

「言いたいことがあるなら遠慮なく申せ」

「ユーリ様もご聡明でいらっしゃるから、その分いつも正論ばっかりズバズバーッて仰《おっしゃ》るじゃないですか」

「それの何が問題か。私の言動が常に間違ったものではないという証左だ」

「だけど、じゃあ、ユーリ様の仰ることってわかりやすいのかな、って……」

「………」

ユーリフェルトは生まれてこの方、最大の渋面《じゅうめん》にさせられた。

と思う。

「……なるほどな」

拳《こぶし》を握り締め、震えさせ、屈辱に耐えながら、ユーリフェルトは唸るように言う。

「……余が宮廷で海千山千の奸臣《かんしん》どもに敵《かな》わずだったのは、これも一因か」

もしかしたらセイは敢《あ》えて小癪《こしやく》な手紙をよこすことで、それを教育してくれたのではないか

彼は直接の臣下というわけではないが、なんと見事な諫言《かんげん》であろうか。金言であろうか。

でもムカつくものはムカつくのだ！

「いっそついでに申し上げますけど、レドリク様ったら出世街道から外れたはずなのに、妙にうれしそうでしたよね？」

「その件も許せぬ！　セイめ、勝手に省庁に手を加えたばかりか、あまつさえ余の能臣を小間使いにしおって!!」

「でも、以前のレドリク様はあくまで帝国や帝室に忠義を捧げてる系の方に見えましたけど、今日のレドリク様はなんだかセイ様ご本人に心酔してる感がチラホラ見えませんでした？」

「ぐっ…………」

これもエファの鋭い分析に、ユーリフェルトは二の句が継げなかった。

自分は自分が思っている以上に君主の器ではなかったのではと、喉《のど》まで出かかった。

しかし意地でも認めない。

代わりにさっきから言いたい放題に言ってくれたエファへ、冷たい眼差《まなざ》しを向けて、

「ところで、おまえはいったい誰の味方なのだ？」

「わたしも鬼畜陛下から有情陛下に鞍替《くらが》えしよっかな〜」

「ハッ。おまえも存外、見る目がないな。セイの性格の良さは余とどっこいだぞ？」

セイがどれだけ底意地の悪い男か端的に示している、三通の手紙を叩いてユーリフェルトは皮肉る。

「どっこいどっこいでしたら、お給金を弾《はず》んでくれる方につこっかな〜」

「よくよく路頭に迷うのが望みのようだな。おまえはもう馘首《クビ》だ。どこへなりと失せろ」

「小粋《こいき》なジョークじゃないですか！　ウィットの利《き》いた会話が楽しめないようでは、宮廷道化なんて雇えませんよ？」

「よし、わかった。おまえを次席秘書官から筆頭道化に昇格させてやる。喜ぶがいい」

「どうせなら筆頭皇妃を希望します！」

「調子に乗るな！」

ユーリフェルトが叱ると、エファは黄色い悲鳴を上げて執務室から逃げていく。

退室間際《まぎわ》、「レドリク様がせっかく食糧を届けてくれたことですし、お夕食作りますね！」

と言い残して。

「まったく、どいつもこいつも調子に乗りおって……。余をなんだと思っておるか」

ユーリフェルトはやれやれとかぶりを振った。

それから、セイがよこした三通の手紙を机の引き出しに仕舞いながら、内容を反芻《はんすう》する。

（十月まで待てだと？　いいだろう、その時こそ十全の後方支援を要求してやろう。そして、余は大攻勢を以《も》ってネブラ川まで奪い返そう）

たとえ十月まで待ったとしても、約束の期限までまだ半年近くある。

それこそ余勢を駆《か》り、トルワブラウ領まで逆侵攻を仕掛けてやる暇《いとま》さえあるはず。

ユーリフェルトもそう思えば、少しは溜飲《りゅういん》が下がった。

執務椅子《いす》に深く背中を預け、瞼《まぶた》を閉じると、

「セイの奴め、今ごろ宮殿でふんぞり返っているのであろうな」

目に浮かぶようだと憎まれ口を叩いた。

◆

そのころ、セイは宮殿で平身低頭していた。

内廷にある皇帝のための執務室。

広いそこには応接セットもあって、少女がソファにふんぞり返っている。

セイの異母妹で、名をナーニャ。歳《とし》は十七。

父親譲りの緑髪《りょくはつ》はセイのそれより艶《つや》があり、碧玉色《エメラルド》の瞳《ひとみ》の輝きの強さは――もし本物の宝石であれば――さぞ値が張ることだろうもの。

十人以上もいる異母兄弟の中で、このナーニャは特別な相手だった。昔からコキ使って可愛《かわい》がってやってきた。

なのに今はセイの方が頭を下げ、額《ひたい》を絨毯《じゅうたん》に擦《こす》りつけていた。

「用件はわかってるよね、兄貴？　貸しを取り立てに来たんだけど？」

「ははーっ。もちろん、承知してございますーっ」

と言いなりになっていた。


なぜ立場が逆転しているのか？

その妹ではなく、隣で苦笑いを浮かべている青年に罪悪感があるからだ。

黒く長い髪を後ろで尻尾《しっぽ》のように括《くく》った二十四歳。

北の武門カイト男爵家の嫡子にして、自身もオルミッド流の超一流の剣士。

豹騎将軍グレンである。

ただし今はセイと入れ替わり、バトラン商会の長として平穏な日々を満喫している。

そう――

「――グレンさんには平和を満喫する権利があるんだよ？　そういう約束で兄貴や陰険皇帝と入れ替わったんだよ？　なのに兄貴はグレンさんを戦争で使ったよねえ？」

「ははーっ。帝都防衛の折にはお力を貸していただき、誠に感謝しておりまするーっ」

「これはデッカい貸しだよねえ？　ウチの商会にデッカく返してくれてもバチは当たらないよねえ？　今の兄貴は皇帝なんだから可能だよねえ？」

「ははーっ。ご恩返ししたい気持ちは重々ございますが、何分お飾りな皇帝なものでしてーっ。できることにも限りがございますので、そこんトコご理解いただきたくーっ」

際限なく調子に乗る妹に内心イライラしつつ、ひたすら下手に出るしかないセイ。

むしろ、グレンの方が見かねた様子で助け舟を出してくれる。

「帝都が侵略されては平穏な生活どころの話ではありませんし、大司教には個人的に思うところもありました。だから剣をとったのは私の意志でもありますし、あまりセイに責任を問うのも――」

「グレンさんは商売のこと全然わからないんだから黙ってて！」

「あ、はい。すみません」

「というわけで責任とって皇帝《アニキ》！」

「どういうわけだよグレン自身が気にすんなって言っててんのに……」

セイは半眼になって絨毯から顔を上げた。

「『もらえるものは、もらうように』『もらえないものでも、もらう努力をするように』ってあたしに言い聞かせたのはセイの兄貴だよ。クントーのタマモノだよ」

「ハイハイ商魂逞《たくま》しいこって」

セイは渋々といったポーズをとりながら、二人の対面のソファに腰掛ける。

「で？　皇帝《おれ》に何をしろって？　どうせなんか腹案があんだろ？」

訊《たず》ねるとナーニャが待ってましたとばかりに、ローテーブルに地図を広げた。

さすが用意がいい。この妹をそういう風に仕込んだのもセイだ。

地図は帝国北部を描いたものだった。

それも商人たちが使うもので、縮尺等はいい加減だが、各地の町村やそれらを繋ぐ主要街道はバッチリ網羅されている。

「陰険皇帝がヴェールを取り戻したおかげでさ、流通が一部復活したらしいじゃん」

ナーニャは言って、アスタニスタ要塞からヴェールまでの間をなぞって示す。

アスタニスタは北方からの侵攻に対し、帝国自慢の「黄金の中原」を守るための最後の砦《とりで》だ。

そしてユーリフェルトが前線に赴くまでは、この要塞のすぐ北までトルワブラウ軍に領土を切りとられていたのだ。

また以前は帝国と北方三国の貿易は盛んだったのだが、開戦以来トルワブラウはハ・ルーンとの通商を停止する措置をとっていた。

　おかげで帝国商人たちは、アスタニスタ要塞より北で商売する場所と機会を奪われ、物流を堰《せ》き止められていた。

　しかしナーニャの言う通り、帝国軍がヴェールを取り戻したおかげで、城塞都市までを繋ぐヨルム街道沿線やその周辺での商売、交易を再開できる政情となったわけである。

　理屈の上では。

「――だけど帝国《ウチ》の財部省のお達しで、アスタニスタより北で商売ができるのは、まだ認可を受けた商会だけってことになっている」

「戦後処理が完全に終わるまで、時間がかかるからですね？」

　グレンが言った。

　商人としては素人でも、軍人としては玄人中の玄人だ。

「そうだ。敵国に領土を奪われました。でも頑張って奪い返しました。ハイ今日からすっかり元通りの帝国領です――とはいかねえよなあ？」

　領土を奪ったトルワブラウは支配体制を確立するため、各市町村に軍隊と役人を送り込み、トルワブラウ式の行政組織を設置する。そこにいる民は全く新しい生活と法律（特に税法）を強要される。

一方、ハ・ルーンが領土を奪い返すに当たっては、その各市町村に置かれたトルワブラウの行政組織もまた武力で駆逐しない限り、本当の意味で周辺の支配体制を奪還したとはいえない。ただし通常、敵国の役人らの方が戦況を見て、我先に逃げ出すものなので、連中を追い払うのに煩《わずら》わされるケースは少ない。

時間がかかるのはその後だ。

各市町村に帝国の軍隊を駐留させて治安を回復し、役人を送って行政組織をまた一から再設置しなければならない。

民の生活や法律ももう一度、激変する。元通りと言えば聞こえはいいが、それは支配者《ハ・ルーン》側の視点・都合というもので、民からすればお役人様たちの「ああしなさい」「こうしなさい」というやかましい決まり事が二転、三転するだけの面倒事にすぎない。当然、不満も出てくるだろうし、宥める必要がある。

どちらにせよ、ひどく手間がかかるということだ。それを主要街道により近い市町村から、順に一つ一つ。

これら戦後処理に何か月――下手をすれば年単位を費やすのも、むべなるかな。

「――そういう政情不安定な場所で商売をするのは、難しいわけよ。ハ・ルーンなのかトルワブラウなのか、どっちつかずになってるような土地だってまだまだあるわけだしね。それこそ自前の私兵を抱えてて、どんなトラブルが起きようが平気で捩《ね》じ伏せることができるような、最大手の商会じゃないと任せられないわけ。国がいちいち面倒を見てやれないわけ」

「――ていう建前《たてまえ》で、老舗《しにせ》の商会サン方がしばらく市場を独占したいだけだよね？　財部省のお大臣サマだかお役人サマと癒着《ゆちゃく》してるだけだよね？」

「まあ、ぶっちゃけ」

「ウチとも癒着しようよ、兄貴ぃ～。ねえ認可ちょうだいちょうだいちょうだい～」

ナーニャがセイの隣までやってくると、かわい子ぶって甘えてかかってくる。

セイは困り顔になって、

「俺だって認可の一つや二つ、気前よくやりたいよ。でも『なんでバトラン商会だけ贔屓《ひいき》すんの』って突き上げ喰《く》らっちまうだろ？　老舗商会サンと癒着してる方々が黙ってないだろ？」

「公共工事はいっぱいウチに回してくれたじゃ～ん？」

「ありゃ工部大臣《たくみべ》が噛んでるからイケたんだよ。俺に操縦されてるとも知らず、矢面《やおもて》に立ってくれてんだよ。よく知らないけど多分、騎士道精神ってやつだよ」

「今度もなんとかしてよ～。どっかの大臣、操縦してよ～。ねえお願いお願いお願い～」

「無茶苦茶言いやがるなコイツ……」

ナーニャの鼻にかかった猫撫《な》で声に、セイはげっそりとなる。

美人のお姉さんならともかく、実の妹の媚態《びたい》なんてサムいだけ。

「ハァ……わかったよ。どうにか認可、とってきてやるよ」

「さっすが兄貴！　頼りになる！」

「ただし無制限に商売できるやつは、さすがに無理だ」

言ってセイは、地図の一点を指し示す。

ヴェールからすぐ南、ヨルム街道の西に臨む、「ラマンサ」と名のついた山岳地帯。

帝国北部有数の温泉地として知られ、同名の火山を中心に湯治場や観光街がいくつもある。

近隣の者はここで怪我《けが》や病を癒《いや》し、また遠方の者でも富裕層が避寒地に使う。

「ラマンサでなら商売していいの⁉」

「そ、そ」

瞳をますます輝かせたナーニャに、セイは軽薄にうなずく。

現在、最前線であるヴェールの傍《そば》ということは、帝都や中原からは最も遠いということ。

商品を運ぶのに移動コストがその分、嵩《かさ》む。まして山岳地帯となればなおさら。

また遠い分だけ帝国による再統治が行き届いておらず、まだ政情の不安定な土地ということでもある。

治安に期待できないし、そもそも目と鼻の先が最前線なのだ。トルワブラウ兵が潜んでいる可能性すらゼロではないだろう。

他にどんなトラブルが起こるかわかったものではない。

「もっとアスタニスタに近い、美味《おい》しい市場を独占している老舗の商会サン方からすればよ、こんなトコで商売したいって奴が出てきても、目くじら立てないだろ」

「充分、充分。それでも一地方の流通をバトランで独占できるんだから、リスクを冒す価値があるよ！　ありがと兄貴、皇帝になったのは伊達《だて》じゃないね！」

ナーニャは喜色満面でグレンの隣に戻った。

「ま、いっぱい儲《もう》けて、俺が仕切ってたころより商会をおっきくしてくれよ」

「任《ま》ーかーせーてー」

「私の商才はセイと比べるべくもありませんが、ナーニャさんの言うことをよく聞き、全力で代わりを務めさせていただきます」

セイの軽口にナーニャが調子よく返す一方で、グレンは真剣そのもので請け負う。

(安楽に暮らしたいから一年間、俺と入れ替わったんだろ？　そんなに真面目《まじめ》に仕事をやってたら本末転倒だろうにね。テキトーにできないのは性格かねえ)

セイはまたグレンに罪悪感を抱く。

しかし商売スマイルのままで、おくびにも出さない。

「話もついたことだし、後は茶でも飲んで帰ってくれよ。ミレニアさんが淹れてくれるお茶、これが美味《うめ》ぇんだわ。それか聖天使ちゃんの遊び相手になってくれても歓迎」

と、さっさと話題を打ち切ろうとする。

なのにナーニャはいたずらっ子さながらにほくそ笑んで、

「え、話はまだ終わってないよ？」

「え、借りなら今、返しただろ？」

「教団との戦争にグレンさんを使った貸し分はね。でも聖天使様を連れ去るのに協力した分の貸しも、耳を揃《そろ》えて返してくれるよね？」

「グワーッそれは別勘定かよっっっ」

「当ったり前でしょ！　ホラホラもう一個なんかウチに便宜《べんぎ》を図って！」

「つってもなあ……」

セイは弱り顔になると、助けを求めるように視線を彷徨《さまよ》わせる。

グレンが「私は別に気にしていないのですが、重ね重ね申し訳ない」という表情になりつつ、しかしナーニャのやることに口を挟まない。

こいつはダメ。まるで尻に敷かれた夫。

「どーすっかなあ……」

弱音を吐いたセイの視線が、出入り口の扉の上をなぞった、まさにその時だ。

「――失礼します」

と首席秘書官のミレニアが、ノックの後に入室してきた。

やり手の女性特有の、ツンと澄ました態度。落ち着いた色合いの褐色の肌が、またよく雰囲気を醸し出している。さらには白金色の髪が高貴さを、エルフ族の長い耳が幻想性を、万人《ばんにん》に印象づける。

高嶺の花という言葉がぴったりの、セイの意中の人である。

配膳ワゴンを粛々と押してきて、茶菓子やカップをローテーブルにテキパキと並べる。この招かれざる客どものために、秘書官の高潔な義務感で紅茶を淹れてきてくれたのだ。

「ねえ助けてよ、ミレニアさ～ん」

頼れる首席秘書官殿の登場に、セイは早速泣きついた。

「あらあら、どうしましたか？」

ミレニアは慈母もかくやの穏やか且《か》つ、優しさ溢《あふ》れる笑顔で応《こた》えてくれる。

会ったばかりのころならば、「ご自分のことはご自身でなんとかしてください」とぴしゃりだったろうが、今ではセイの一番の理解者となってくれていた。

セイは子どもみたいな甘え声になって、

「ミレニアさん、前に言ってたよね～？　皇帝直轄領にエルフ族の隠れ里みたいなのがあって、特産品なんかもいろいろあるって～」

「そうですね、長老たちが運営している薬草園なんて大したものですよ。保存が利くようにと精製した薬も大量に備蓄してあって、帝室の皆様がご傷病の折には、ご快癒《かいゆ》に役立っていると一族で自負しております」

「そのエルフの秘薬を売りに出したら儲かると思わない〜？」

「それは……そうでしょうけれど、でも畏《かしこ》くも帝室より土地を賜り、育てられた薬草なのですから、帝室の御ためにのみ使用されるべきかと。私たちの金儲けに使うのはちょっと……」

「今は俺が皇帝なんだから、俺のためにちょっとバトラン商会に融通してよ！　こいつら儲けさせてやってよ！　ううんエルフ族にも儲けさせるって約束するし、出所も伏せるから！」

「えええ……」

セイにワガママを言われ、今度はミレニアが弱り顔になる番だった。

「頼むよ〜、頼むよ〜、一生のお願いだよ〜」

「ねえミレニアさんお願いお願いお願い〜」

席を立ったセイとナーニャが、左右からすがりつくようにして哀願する。

兄妹に息の合った態度でおねだりされて、ミレニアの柳眉《りゅうび》が困り果てたように下がる。

「ハァ……仕方ありませんね。では長老たちにも言い含めておきます。ただ、セイ様がご在位の間だけですよ？　ユーリフェルト様がご帰還後に反対なされたら終わりですよ？」

「ウン、それは当然だよ！　ありがとうミレニアさん話がわかる大好き！」

「ダイスキ！」

兄妹に左右からひしっと抱き着かれ、ミレニアが「あらあら」と柳眉が下がったままになる。

ちなみにセイはナーニャと一緒でこのムードなら、抱き着いても怒られないと計算していた。

善人と悪人の見本みたいな構図だった。

閑話《かんわ》休題。

「じゃあナーニャ、これで貸し借りなしってことでいいよな！」

「持つべきものは皇帝の兄だね！」

満面の笑みで兄妹でハイタッチする。

脇でグレンとミレニアが苦笑いする。

四人でローテーブルを挟んで、エルフの秘薬を仕入れる段取りや値段について相談。

ミレニアが淹れてくれた紅茶も菓子も美味しくて、商談が弾む。円満に進む。

「来てよかったよ、兄貴！」

「俺はケツの毛まで毟《むし》られた気分だけどな」

平身低頭から始まったこの会合も、最後はにこやかにお別れすることができた。

帝宮の内外を行き来する隠し通路――無数にあるというちの、一本だけユーリフェルトに教わったもの――がこの執務室にあり、ナーニャとグレンはそれを使って帰っていく。

残ったのはセイとミレニア。

「なんともご活発な妹さんですね」

「騒々しい妹だねって、本音トークでいいんだよ？　まあ元気がないよりは有り余ってる奴の方が使え――可愛いけど」

「セイ様こそ今、本音が出かかったような……？」

ミレニアにジト目を向けられ、セイはくつくつと意地悪に笑う。

「せっかくこんなに便宜を図ってやったんだから、ラマンサで稼いできてくれることを祈るよ。グレンもいるから大丈夫だろ」

「ナーニャさんがいらっしゃるから、素人商会長のグレンさんでも大丈夫……ではなく？」

「おっと、本音と建前が逆になっちまった」

セイはおどけて肩を竦《すく》める。

それからローテーブルの上に目を向ける。

騒々しい妹が喜びのあまりに、うっかり置いていった地図に。

そこに描かれた城塞都市ヴェールに。


「ラマンサに着いたら毎日、温泉入るでしょー？　温泉卵食べるでしょー？　風呂《ふろ》上がりに美味しいお酒はあるかなあ？　ううん温泉に浸かりながら月見酒とかも乙《おつ》だよねえ」

「なんだか遊ぶことばかりですね、ナーニャさん」

グレンはそう言いつつも、微笑《ほほえ》ましげにするばかり。窘《たしな》めるつもりなどないようだ。

一方、

「アタシもナーニャを支持するよ」

そう言って艶然《えんぜん》と片目をつむったのは、すこぶるつきの美人だった。

華の帝都の歓楽街でも随一と評判だった妓女《ぎじょ》で、名をステラという。

しかし先の大司教ホッグに拉致《らち》され、あわや嗜虐《しぎゃく》趣味の餌食《えじき》になる寸前、グレンに救出されて、そのまま身を寄せているという事情がある。

しかもナーニャが調べたところ、ホッグは表向きには拉致ではなくステラを身請けした態《てい》をとっていて（妓楼《ぎろう》と話がついていて）、本人の期せずして自由の身を得た格好となっていた。

このごろは恐怖がぶり返して魘《うな》される頻度も減ってきているし、結果オーライ。

肌の露出の少ない外出用のドレスで、メリハリの利いた彼女の悩ましい肢体《したい》を慎《つつ》ましやかに包み、幅広帽子を被《かぶ》ったら、どこからどう見てもイイトコの貴婦人である。

そんなステラは今日も上機嫌で、

「朝から晩まで働かなきゃいけないわけじゃないしねえ。商売半分、行楽半分ってことでいいじゃないか。ラマンサなんて遠いところ、滅多に行けるもんでもなし、楽しまなきゃ嘘《うそ》さ」

「あたしも姐《ねえ》さんに同意！　てなわけで出発進行！」

ナーニャは意気揚々《ようよう》と号令した。

帝都を発《た》ったバトランの商隊の、先頭を進む馬車のことである。
グレンが御者台で手綱を握り、ナーニャとステラがその左右に腰掛ける。
初夏の日差しを浴び、青々とした田園が左右に広がる、牧歌的なヨルム街道。
前途は洋々。
ぼろ儲けと温泉に想いを馳《は》せ、ナーニャの胸はこれでもかと膨らんでいた。

――ヴェールが再びトルワブラウの手に陥《お》ちたのは、その翌月のことだった。

第二章

トルワブラウの"薊姫"

うだるような暑さの、夏の夜であった。

暦は七月の二十六日から二十七日に移り変わろうとしている。

一方、風は完全に止まり、ヴェールを覆う大気そのものが淀《よど》んでいるかのよう。

ユーリフェルトはどうにも寝付けず、バルコニーへ涼みに出たはいいが、

「完全に当てが外れたな」

と欄干《らんかん》に寄りかかってぼやいた。

総督府の三階に当たるここからは、市街の北側が一望できる。

といっても深夜のことだ。

住人は安くない蠟燭《ろうそく》や灯油を節約して寝静まり、町並みはすっかり闇《やみ》の中に隠れている。

見えるのは警邏《けいら》の兵らが持ち歩く松明《たいまつ》や、外郭上で焚《た》かれる篝火《かがりび》の光くらいのもの。

「面白《おもしろ》くもない」

これなら眠れずともベッドで楽にしていた方が、マシかもしれない。

ユーリフェルトはそう考え直し、踵《きびす》を返そうとした。

するとーー

「やあ、貴殿も寝付けぬようですな、〝ザッフモラー〟」

十五歳年長の同僚がバルコニーに現れた。

狼騎将軍《ろうきしょうぐん》のマルクである。

「ええ。ここなら少しは凌《しの》げるかと思ったのですが、今宵《こよい》の猛暑は逃がしてくれぬ様子で」

「なるほど、そのようだ。お互い見込みが甘かったですな」

互いに上辺だけの友好的な言葉を交わす。

そう、ユーリフェルトはこの僚将と仲が良くない。

より正確には一方的に嫌われている。

「〝ザッフモラー〟、貴殿のこのごろの戦いぶりは神懸かりだと評判ですが、一つこの猛暑も魔法の如《ごと》くどうにかしていただけませんか？」

と冗談めかすマルクの口調には、言葉面《づら》以上に悪意がたっぷりまぶされている。

ユーリフェルトとグレンが入れ替わり、それまで匹夫《ひっぷ》の勇の持ち主だと目されていた「豹騎《ひょうき》将軍《しょうぐん》」が華々しい武功を樹《た》てるようになり、周囲の反応もまた変わった。

素直に称賛する者、嫉妬《しっと》丸出しで認めない者、肖《あやか》ろうと教えを乞うてくる者、取り入ろうと急に擦《す》り寄ってくる者、それはもう様々だ。

総司令キンゲムは大絶賛、何をするにもユーリフェルトに意見を諮《はか》るようになった。

必然、常に軍議の末席にいた若輩《じゃくはい》の将軍は、総司令の隣という上席が定位置に変わった。

そうなると面白くないのが、この狼騎将軍マルクなのである。

なぜなら彼はグレンの次に地位の低い男で、しかしグレン（ユーリフェルト）の立場が向上した結果、繰り下がりで末席に座る羽目になってしまったからだ。


そんな小人《しょうじん》を、いちいち相手にしても仕方ない。

「承知した。ならばまずマルク殿には、夏の精霊をここへ呼んできていただきたい。さすれば私が魔法の如く立ちどころに、説得してみせましょう」

「…………っ」

肩を竦《すく》め、マルクの嫌味へ諧謔《かいぎゃく》を返してやると、僚将は鼻白んだ様子で去っていった。

「ほんとヤな奴《やつ》ですよね、あの人！」

「いたのか、エファ」

入れ替わりに姿を見せたのは、彼の秘書官。

廊下の陰で盗み聞きしていたらしい。

陽気でかしましいエファは姉の方と違って、ある種の幻想性を感じさせることはまるでない。

しかし月明かりの下にその麗貌《れいぼう》が白々と照らし出されると、得も言われぬ雰囲気がある。彼女もまたエルフなのだと思い出させる。

「ユーリ様がこっそり部屋を抜け出すのに気づいて、好奇心でついてきちゃいました」

「こっそりなどしていない。それと来るなら好奇心ではなく、主を守る忠誠心でついてこい」

「えへへ、ごめんなさい」

可愛《かわい》らしく舌を出すエファ。

それでもう、月光に彩《いろど》られた幻想的な雰囲気など消し飛ぶ。いつものエファに戻る。

ユーリフェルトも興が醒《さ》め、

「帰るぞ。おまえも早く寝ろ」

「ええ～っ、もうちょっと一緒に涼んでいきません？」

「全く涼しくないだろうが。空気が生ぬるいだけだろうが」

「じゃあ二人で夜景でも」

「眺めても暗がりばかりだろうが。ここは華の帝都ではない」

由無し事を繰り返すエファに、ユーリフェルトはやれやれとかぶりを振る。

「――てかユーリ様！　アレ見てくださいアレ！」

「今度はなんだ」

どうせくだらないことだろうと思いつつ、エファが指し示す方に目を向ける。

だがユーリフェルトは、すぐにその目を瞠《みは》る羽目となった。

（こ、これは……っ）

エファが騒ぐのも当然のことだった。

北を望む外郭の上――

あまりに唐突に、何の前触れもなく――

そこに異様な光景が――

否《いな》、地獄絵図が広がっていた。


その帝国兵の名は、ポメルといった。

若さと真面目《まじめ》だけが取り柄《え》の、どこにでもいる一兵卒だ。

今夜はヴェールを囲む外壁の上に立ち、朝まで歩哨《ほしょう》を務める役目を与えられている。

北を睨《にら》んで、トルワブラウ軍の夜襲に備えるのである。

だが、ともに不寝番をする同僚たちは、はっきり言ってやる気がなかった。石畳に座り込み、サイコロ賭博《とばく》に夢中になっていた。

まあ、仕方がない。歩哨任務はただでさえ退屈との戦いだ。

しかもこのヴェールを奪還してからというもの、トルワブラウの奴らは一度も攻めてこない。

先月、アマガネク教徒がいきなり暴動を起こしたのを別とすれば、もうずっと戦《いくさ》など起きていない状況だ。

彼ら帝国軍が連敗を重ねて、アスタニスタ要塞に閉じ籠《こ》もっていたころと、皮肉にも一緒。皆、自堕落にもなろうというもの。

どうせ今夜も何も起きやしないだろうと、同僚たちがタカを括《くく》る気持ちもわかる。皆が遊んでいる分、自分が真剣に見張りを務めればいい。サボってないかと見回りに来る騎士サマ方のことは、皆もさすがに注意しているだろう。ポメルはそう考えていた。

と――

「なんだこれ……?」

不意にポメルは奇妙なものを見つけた。

正確には、いきなり目の前に現れた。

小さな火だ。

それが足元で、踊っている。

どこかデク人形を彷彿《ほうふつ》する姿。顔もなければ首との境目もなく、手と足に当たる部分が異様に太く長いのが不気味だ。ゆらゆら、ユラユラ、戯《たわむ》れるように、あるいはポメルをからかうように、石畳の上で舞っている。

「おいら、酒でも飲んでたっけな……」

幻覚を見ているのかと、自分の目をこするポメル。

だが歩哨任務中に飲んでいるわけがない。博打をしてサボっている同僚たちだって、酒気は帯びていない。騎士サマに見つかったら拳骨《げんこつ》ではすまない。

冬の身を切るように寒い折には、体の芯《しん》を温めるために一杯だけ振る舞われることもあるが、生憎《あいにく》と今は夏の盛り。

「おっかしいなあ……？」

こすってもこすってもポメルの目には、踊り続ける火の妖精《ようせい》のようなものが見えていた。

しかもこいつはちゃんと温かい。熱を持っている。

いや――温かいなんてレベルじゃない。次第に、近くにいるだけで熱くなってくる。

さらにはデク人形めいたその姿が、グングン大きくなっていくではないか！

「お、おいっ、ポメルよ！」

「逃げろ！」

異常事態に気づいた同僚たちが、警告を発してくれた。

それでポメルも我に返った。

「やっぱり、おいらだけに見える幻覚なんかじゃなかったのか⁉」

今や人間サイズまで成長した火の妖精（炎の怪物というべきか？）から、慌《あわ》てて逃げ出す。

そして、同僚たちの方へ振り返って――絶望した。

同僚たちがサイコロを囲んだままの状態で、炎の怪物を目撃した驚愕《きょうがく》で顔を歪《ゆが》め、ポメルの方を指差し、腰を浮かしている。

そんな彼らの背後でもまた小さな火の妖精が四体、ユラユラと踊っていたのだ。

グングンと膨張し、人間サイズの炎の怪物になろうとしていたのだ。

自分たちはとっくに包囲され、逃げ場を失っていたのだ！


「ギアアアアアアアアアアアアアアアアアアアアアアアアアッ」

ショックで思わず足を止めたポメルに、炎の怪物が後ろから抱き着いた。

背中を焼かれ、ポメルは断末魔を叫んだ。

外郭北側の各所に配置された不寝番たちの中で、彼が最初の犠牲者となった。


そう――

炎の魔物どもは外壁の上に何百、何千と出現し、歩哨に立っていた帝国兵たち全員に襲い掛かっていった。

外郭に建つ物見塔の中にも侵入し、螺旋《らせん》階段をユラユラと上って、上にいる兵らを火ダルマに変えた。

この世のものとは思えない、まさに地獄絵図の如き様相であった。


「あいつら、町の中まで入ろうとしてますよ、ユーリ様⁉」

エファの警告はほとんど悲鳴じみていた。

ユーリフェルトも思わずバルコニーの欄干に乗り出し、燃え盛る北外郭上を凝視する。

炎の魔物どもはそこにいる歩哨の兵たちを全滅させただけでは飽き足らず、まるで身投げするように次々と外壁から飛び降り、町の内側へと侵攻してくる。

ヴェールの外郭は高さ十メートルほどあるが、魔物どもは墜落してもものともせず、市街を徘徊し始める。

警邏の兵らを見つけては抱き着くようにして焼き殺し、また家屋に侵入しては罪のない市民ごと一棟炎上させる。

そんな怪物どもが北から北から押し寄せ、路上を埋め尽くしていく。

高度な教育を受けたユーリフェルトはともかく、この時代この大陸の人々は一般に迷信深い。

目《ま》の当たりにしただけで「この世の終わりが来てしまった」と、彼らがパニックを引き起こしかねない光景である。

　エファとてまともな教育を受けているはずだが、混乱冷めやらない様子で、

「なんですかアレなんですかアレなんですかアレ⁉」

「魔法だ——」

　秘書官の金切り声に対し、ユーリフェルトは断言した。

「——トルワブラウのアリノエ王家に伝わる火炎魔法だ。当代の〝薊姫《あざみひめ》〟の仕業《しわざ》だ」

　声を張るでもなく、震わすでもなく、いっそ冷酷なまでに。

「なんとかならないんですか、ユーリ様⁉」

「余の幻影魔法では難しかろうな」

　所詮はペテン、まやかしだと、自嘲《じちょう》するユーリフェルト。

　彼の魔法は他者に幻覚をもたらすだけで、物理的に何かに直接干渉する力は一切《いっさい》ない。

　あの炎の怪物どもに幻覚が効くなら話は別だが、まともな五感や精神といったものを有しているかも疑わしい。

「恐らくは単純な命令のみを実行できる、〝薊姫〟の操《あやつ》り人形であろうな」

　と、ユーリフェルトは惨状を冷徹に観察して、推測する。

　であらば無理だ。己《おのれ》の魔法は禽獣《きんじゅう》でさえ幻惑してみせるが、植物には通じないのと同様だ。

「じゃあどうするんですか⁉」

「撤退するしかあるまい」

ユーリフェルトは冷淡に結論した。

兵たちを叩《たた》き起こし、迎撃態勢をとらせること自体は簡単。

しかし、まともな戦いになるとは思えない。

予備知識や事前の心構えもなしに、煉獄《れんごく》から現れたかのような怪物どもと対峙《たいじ》させたところで、兵たちが恐慌状態に陥《おちい》るのは目に見えている。

またそれ以前に、槍《やり》や剣といった尋常の武器が、魔力の炎でできた存在に通用するかどうかすらも怪しい。


「ヴェールはどうするんですか⁉」

「惜しい……などとは言ってられんな。放棄するしかなかろうよ」

答えてユーリフェルトは踵を返す。

「どちらへ⁉」

「屋上だ。もっとよく見たい」

より高い場所の方が、市内の様子が広く見渡せる。炎の怪物の動向を観察できる。

「撤退を進言しに行かれるんじゃなくてですか⁉」

エファはついてきながらも素《す》っ頓狂《とんきょう》な声で叫んだ。

ヴェールを放棄させるとなれば、これは総司令キンゲムの判断を仰《あお》がねばならない大事だ。

ユーリフェルトらと違い、上級の将軍たちは総督府で起居するのではなく、周辺にある屋敷を接収して仮住まいにしている。

もし向かうなら急ぐべきだろうが、ユーリフェルトはあくまで屋上へ。階段を粛然と上る。

「どどどどういうおつもりなのですか⁉」

「速やかな撤退判断など、あの凡愚で浅ましい男にはできぬよ」

総司令をコキ下ろすユーリフェルト。


せっかく奪還した城塞都市を再び手放すなどと、キンゲムはすぐには許可しないだろう。

惜しむあまりに、悪あがきを重ねようとするだろう。

「炎の怪物だかなんだか知らぬが、一戦やってみねば結果はわかるまい」

だなどと聞こえのいいことをほざくだろう。

そうして自分は安全な場所から、兵たちを無為に殺すのだ。

ユーリフェルトの作戦で兵糧を焼かれるや、躊躇《ちゅうちょ》なくヴェールの放棄を決断したトルワブラウの将軍たちとは正反対に。

（やはり余は皇帝には向いておらぬのだろうな）

思わず階段を踏み鳴らすように上るユーリフェルト。

優れた将兵を抱えているトルワブラウ王に、羨望《せんぼう》を禁じ得ない。

それはオモチャをねだる子どもの精神であって、為政者《いせいしゃ》の在り方では決してない。

ともあれ――

「キンゲムと押し問答をしている時間が惜しい。ゆえに余はこうする」

屋上に出るや、ユーリフェルトは指を鳴らした。

そこから莫大《ばくだい》な魔力が拡散し、ヴェールの隅々に行き渡った。

たちまち全軍撤退を報《しら》せる喇叭《らっぱ》の音が、そこに住む全ての者に聞こえた。

彼の幻影魔法の仕業である。

「ほどなく皆、撤退を開始し、完了するであろう」

「待ってください、ユーリフェルト様！」

屋上の欄干へ向かう彼に先回りし、通せんぼするようにしてエファが言った。

「市民はどうするんですか⁉」

「捨て置く」

ユーリフェルトは躊躇も逡巡《しゆんじゆん》もなく即答した。

心は冷えきったまま、さざ波ほども揺るがない。

彼はそう生まれ、そう育てられてきた。

決然とヴェール全域に魔力を放射し続け、人々に撤退喇叭の幻聴を聞かせ続ける。

その旋律が持つ意味を理解しているのは兵たちだけだ。市民にとってはただの音楽以上でも以下でもない。

「せめて避難誘導はしないんですか⁉」

「そんな余裕はない」

「いっぱい死んじゃいますよ⁉」

「だが兵らを殺すわけにはいかん」

「同じ帝国民ですよ⁉　ユーリフェルト様の民ですよ⁉」

「同じではない。北部方面軍が壊滅すれば、帝国もまた滅ぶ。だがヴェールの民が死に絶えようと、大局にはただちに影響しない」

「…………」

エファが絶句した。

ひどく蒼褪《あおざ》め、全身を小刻みに震わせていた。

「鬼だと。悪魔だと。いつものように罵《ののし》ってよいのだぞ？」

ユーリフェルトは肩を竦める。

だがエファは力なく首を左右にするだけで、何も言わない。

感情では主君の決断を受け容《い》れ難いのだろう。しかし頭では理解してくれている――否、努めて理解しようとしてくれているのだろう。

そんな信頼に足る秘書官の脇を通り抜けて、ユーリフェルトはヴェール全市を一望する。

生きながら焼かれる民や兵の阿鼻叫喚《あびきょうかん》と幻影魔法による喇叭の音で、まだ炎の怪物の侵攻を受けていない地区の者たちも次々と目を醒ましては、灯《あか》りを手に路上へ出る様子が見える。

民らはもうわけがわからずパニックだ。

兵らはわからないなりに、染《し》みついた習性で撤退喇叭に従っている。

やがて南門が開き、そこから全軍が濁流の如く吐き出されていく。その中には騎士や将軍たち、総司令キンゲムもいることだろう。

ユーリフェルトは敢《あ》えて残り、可能な限り炎の怪物の観察を続ける。

北市街のあちこちで、連中と戦う男たちの姿が散見できた。市民の中に勇敢な者たちがいて、家族や隣人を逃がすために怪物どもに立ち向かっていた。

だが彼らの奮闘も虚《むな》しく、炎の怪物どもにはまるで歯が立たない。

ユーリフェルトの懸念が的中していた。男たちは火かき棒を武器に殴りかかり、石を投げて迎え撃つが、全身が炎で構成される怪物どもにはいっかな通用していない。

バケツに汲《く》んだ水をぶっかける者もいたが、それさえ焼け石に水の様相。

怪物どもの侵攻を阻《はば》むことはできず、無力に焼き殺されていくのみであった。

そんな一方的な虐殺《ぎゃくさつ》と蹂躙《じゅうりん》が、いつ果てるともなく繰り広げられるかと思われた。

だが実時間では、ユーリフェルトが撤退喇叭を偽装してから三十分も経《た》っていないだろう。

北市街地で暴れ回っていた炎の怪物どもが――いきなり――煙のように消失した。

既に燃え広がっていた家々はそのままだが、少なくとも怪物に直接殺される被害はぱったり止まった。

「た、助かった……？」

エファが緊張の糸が切れたかのように、その場でへなへなと腰を抜かす。

確かに被害は北市街地のみに留まり、ヴェール市民の大半は炎の怪物に襲われることなく、生き永らえることができた。

「トルワブラウにとっても、ヴェールをなるべく傷つけずに手中に収めたいのは当然の話だ」

話しつつユーリフェルトは北外郭を凝らし見る。

怪物どもが綺麗《きれい》さっぱり消え去ったのと入れ替わりに、トルワブラウ軍が姿を現していた。

外壁に長梯子《ながばしご》を掛け、登攀《とはん》してきたのだろう。帝国の歩哨兵たちは全員、焼き殺された後だ、どんなに高い壁であろうと難なく突破できる。

既に帝国軍が撤退した後の、市街地の占領もだ。

「引き時だな」

ユーリフェルトはもう未練なく、北市街地に背を向けた。

へたり込んでいるエファに「置いていくぞ」と冷たく告げると、慌てて追いすがってくる。

そして幻影魔法で姿を眩《くら》まし、南門から悠然と退却した。


「〝薊姫〟の火炎魔法か……。相変わらず凄《すさ》まじいな」

トルワブラウの若き将軍ネビルは、曙光《しょこう》を浴びながら独白した。

再び占領したヴェールの総督府、その屋上から被害地を眺めていた。

ちょうど数時間前に、ユーリフェルトも佇《たたず》んでいた場所だ。

兵らが懸命の消火活動に当たっているにもかかわらず、北市街地の家々が未《いま》だ炎上し続ける様を、片づける暇のない焼死体が未だ路上にごろごろと横たわっている様を、ネビルは緊張を隠せぬ面持《おもも》ちで見つめていた。

「これが――こんなものが今や俺《おれ》の戦場《しごとば》だ。エリーゼやアンナには到底、見せられないな……」

忸怩《じくじ》たる想《おも》いを抱え、愛してやまない新妻と娘の名を呼ぶネビル。

こうなると知りながら、〝薊姫〟の親征を請願した者の責任として、酸鼻極まるこの光景を目に焼き付けていた。

王家の深奥に秘匿《ひとく》され、濫用を厳に禁じられた火炎魔法。

しかしネビルが目の当たりにしたのは、これが初めてではない。

一度目はまだ二十歳の時分の話だ。大恋愛の果てに伯爵家へ婿入りする前、将軍として抜擢《ばってき》される前の、近衛《このえ》で騎士を務めていたころのこと。

トルワブラウ王の叔父に当たる公爵が、所領で密《ひそ》かに軍備を蓄え、大逆を企《たくら》んでいるという確たる証拠が挙がった。

これが公になっただけでも、王国を揺るがしかねない醜聞である。王の面目は丸潰《つぶ》れ、王家の威信が損なわれること甚《はなは》だしい。

ゆえに周知となる前に速やかに、徹底的に件《くだん》の公爵を討滅するしかなかった。

王は息女たる〝薊姫〟の派遣を決断した。

そしてネビルは、王女を近しく衛《まも》る警護役として出征。公爵の膝元《ひざもと》たる城塞都市が、一夜にして焼き滅ぼされる様を目撃したのである。

〝薊姫〟が使役する無数の炎の怪物どもにより、建物という建物が完膚なきまで焼け落ち、住人という住人が死に絶えた。公爵自身と叛逆《はんぎゃく》計画ごと全てが炎の中に呑《の》み込まれ、火事以外は何もなかったことと《ヽ》な《ヽ》っ《ヽ》た《ヽ》。

ネビルの中で一生消えない記憶となった。

僚将たちのほとんどが知識として魔法の実在を知っていても、全く実感を持っていない中で、ネビルだけが帝国との戦いに火炎魔法を用いるべしと提唱することができたのも、それが所以《ゆえん》といえるだろう。

四月末、ヴェールを奪還された時に、いよいよ決断した。

落ち延びた先の野営陣地で、大天幕に諸将らを集めて軍議を開き、必要を訴えた。

予想もしていたが皆の反応は芳しくなかった。

言下に否定する者、目を剝《む》いて批難する者が大半だった。

トルワブラウという国家にとって〝薊姫〟に頼るのは最後の最後の手段であり、まして武人にとって火炎魔法を恃《たの》むのは恥以外の何ものでもないからだ。

「ですが、帝国軍は既に魔法を用いております」

ネビルは毅然《きぜん》と反論した。

途端、一同がざわついた。

「帝室の者が前線に来ているというのか……？」

皆、そんなまさかと驚きを禁じ得ない様子だった。

無理もないとネビルも思った（まして皇帝その人が戦場に立っているなどと、彼自身でさえ予想していなかった）。

ともあれ主張を続けなければならない。

「私とて武人の端くれです。尋常の戦ならば、独力にて勝利する気概はございます。ですが、魔法相手には勝てませぬ。諸兄らも薄々、思うところがあったはずです。ここ最近というもの、彼奴《きやつ》らと矛を交えるたびに不可思議な現象が起こる。勝てるはずの戦で負ける」

「それがハ・ルーンの魔法による仕業だと?」

「はい、総司令閣下。恐らくは幻を操る魔法だと私は予測いたします」

「ふむ……。ハ・ルーンの——ディナス帝室に伝わる魔法は、長らく謎《なぞ》であったが……」

確かに腑《ふ》に落ちるところがあると、ガスコイン将軍は唸《うな》った。

各国の王家や帝室には、それぞれ固有の魔法が相伝されているという。

だが、どこの王族の血にどんな魔力が流れているかは、詳細になっていない。

どこの王家も魔法の力を滅多に使わず、極力秘匿しているからだ。

魔法とは国家の切り札。それを切る以上は、必勝でなければならない。

だが魔法に頼れば頼るほど人の目に触れ、周知となり、敵国に対策を練られてしまう。必勝から遠ざかってしまう。

その点でトルワブラウの火炎魔法や、グンガムの大地魔法などは歴史上、国家の存亡に際して連続使用せざるを得なかったいきさつがあり、上は各国の軍事記録や下は巷間《こうかん》の御伽噺《おとぎばなし》に至るまで、克明《こくめい》にされてしまっている。

対してディナス帝室の魔法にまつわる隠蔽《いんぺい》は、完璧《かんぺき》といえるだろう。大陸で最も古い歴史を持つ国であるにもかかわらず、ハ・ルーンにどんな魔法が秘匿されているのかは知られていないのだから。

ネビルとて幻に関する魔法と推測しているが、まるで的外れの可能性だとて高い。


「魔法に対抗できるのは魔法のみです」

ネビルは力強く訴えた。

帝国の魔法の正体がなんであろうと、〝薊姫〟の火炎魔法ならば焼き滅ぼすことができる。そう断言した。

「ネビル殿に一理あるかと。ここで下手に意地を張り、ハ・ルーンの快進撃を許し続ければ、それこそ我らは笑い者になりましょう」

とウォーカー将軍も口添えしてくれた。

当侵攻軍切っての古株であり、ご意見番と目される宿将の同意は軽くなかった。

「……わかった。先に戦場へ魔法を持ち込んだのは彼奴らだ。陛下もご理解くださるだろう」

我ら武人の恥には当たらぬとガスコインは婉曲《えんきょく》に言った。

ただちに国元へ早馬を走らせ、親征要請を奏上した。

トルワブラウ王の承認もすんなりと下り、〝薊姫〟に遥々《はるばる》お越し願う運びとなった。ヴェールを帝国に奪い返されて以降、ネビルらが一切の軍事行動を慎《つつし》んでいたのは、姫殿下のご到着を待っていたからだった。

そして、火炎魔法が戦場に投入されるや、一兵も損なうことなく城塞都市を陥落せしめた。ハ・ルーンが幻影魔法を用い始めた四月頭以降、初の戦勝を飾ることができた。

やはり魔法に対するには魔法を――ネビルの考えは間違いではなかったのである。


屋上を後にしたネビルは、そのまま時の総督が使う執務室へと向かった。

トルワブラウと帝国でヴェールの奪って奪われてを繰り返しているために、正式な総督職は長らく置かれていない。代わりに今は〝薊姫〟が使用していた。

仮眠用の寝室が隣接してあり、これが総督府内で最も立派な部屋だからである。

ノックをして待つと、すぐにお付の侍女の応《いら》えがあった。

恭《うやうや》しい手つきで扉を開け、面《おもて》を下げて入室する。

〝薊姫〟はトルワブラウにとって掛け値なしの鬼札であり、可能な限り秘すべき生ける宝物であり、面会を許されている者はほとんどいない。

王都から派遣されたお付の侍女と騎士らを除けば、現国王の従弟に当たる総司令ガスコインと、先の公爵鎮圧の折に側仕えしたネビルのみお目見えが叶った。

「どうかお顔を上げてくださいませ、グラハム様」

入室してすぐ、〝薊姫〟の声がかかる。

秘境に咲く一輪の花を彷彿させる、奥ゆかしくも可憐《かれん》な声だ。

「はい、姫殿下。仰《おお》せのままに」

ネビルは即答しつつ、丁重にたっぷり一呼吸置いてから面を上げる。

天蓋《てんがい》付きのベッドに横たわる、華奢《きやしゃ》な少女と顔を合わせる。

繊細にもすぎる髪質の赤毛。純白を通り越して蒼白《そうはく》の肌。生まれつき病弱だと聞いているが、今は発熱がひどいのか玉の汗を浮かべ、苦しげに肩で息をしている。

歳《とし》は十八。だが実年齢より幾分、幼く見える。俗世と隔絶された王城の最奥で、蝶よ花よと育てられた無垢《むく》ゆえか。

「ヴェールの皆様の様子は如何《いかが》でしたか、グラハム様?」

「はい、姫殿下。たった今、町を見回って参りましたが、傷ついた民は一人もおりませぬ」

〝薊姫〟の下問に、ネビルは逡巡なく虚偽で答えた。

お付の侍女たちも素知らぬ顔で聞き流した。

だがおかげで少女は無邪気に安堵《あんど》し、

「まあ、よかった。胸のつかえが、これでとれました」

「ヴェールは古来我がトルワブラウの土地、そこに住む民らも同じトルワブラウ人でございます。ハ・ルーンの悪鬼どもを姫殿下が追い攘《はら》ってくださったおかげで、奴らの圧政からようやく解放されたと、ヴェール市民一同が喜んでございます」

「その……帝国人を私は見たことがないのですが、本当に目も鼻もなく、肌の色は緑で、息をするたびに腐臭と腐汁を撒《ま》き散らすのですか……?」

「人ではございませぬ。闇の神が産み落とした悪鬼どもでございます。ですが姫殿下の魔法で焼き滅ぼされたことにより、奴らの穢《けが》れた魂も浄化され、晴れて地母神の御元で眠る資格を得られたはずでございます」

「でしたら、よいのですが……。悪鬼といえど、彼らの魂が救済されることを祈りましょう」

疑うことを知らずに育てられた少女は、ネビルの嘘《うそ》八百を信じきり、それでもなお闇の悪鬼たちを殺めてしまったと自責に苛《さいな》まれつつ、地母神に冥福の祈りを捧げていた。

その様をネビルはお付の侍女たちとともに見守った。

無垢で善良な少女の心を、真実を以《も》って傷つけるのではなく、虚偽を以って守ったことに、満足こそすれ疚《やま》しさはなかった。

そう、この王女の心根の優しさを、ネビルは知っている。

先の従軍で側仕えした折に触れている。

箱入り娘にありがちなワガママさなど、露もない少女だ。

一方でネビルは、王女の本当の名を知らない。

アリノエ王家の者は火炎魔法に目覚めた時点で――たとえ男子であろうとも――〝薊姫〟と呼ばれ、二度と本名で呼ばれることのない慣習なのだ。

もはや人ではなく、王国に絶対的な勝利をもたらすための巫女《みこ》、あるいは滅私の道具として扱われる、その表れといえようか。

〝薊姫〟とは百年前、絶大な火炎魔法を以って帝国からの独立戦争に貢献し、命が燃え尽きるまで戦い抜いた伝説的な王女の威名。

その偉人に肖るべしと、運命づけられるのだ。

「姫殿下におかれましては、ご体調は如何でございましょうか？　私にはヴェールの民の無事などよりも、そのことの方が心配でなりませぬ」

「はい、グラハム様。熱も下がってきましたし、呼吸も楽になってきました。ほら、こうしておしゃべりできるのがその証拠です」

「ご快方に向かっておられるのは、誠に重畳《ちょうじょう》。しかし、どうかご無理なさいますな」

「大丈夫です、無理などしておりません。必要とあらば、またいつでも火炎魔法を用いることができる状態ですので、グラハム様こそどうかご遠慮なく仰《おっしゃ》ってくださいませ」

そう言った傍《そば》から激しく咳《せ》き込む〝薊姫〟。

（お若くして、まったく使命感の強いお方だ）

華奢な背中を侍女にさすられる姿を見ながら、ネビルは頭が下がる想いを抱く。

自尊心の強い彼が、この健気《けなげ》な少女に対しては、心から。

当代の〝薊姫〟たる彼女は、初代に迫ると囁《ささや》かれるほどの強大な火炎魔法の使い手であり、その恐るべき力の代償に、魔法を行使するたびに心身を削られ、衰弱してしまう。

にもかかわらず、この少女は王国のため、万民のため、大人たちに求められるままに魔法を行使し、己が苦しむことを厭《いと》わないのだ。

そうなるように育てられたと言ってしまえばそれまでだが、少女に向けるネビルの畏敬の念は変わらない。

ネビルは己が才気溢《あふ》れる特別な人間だと、自負を抱いている。

一方、人格面においては特筆すべきもののない、普通の人間だと思っている。

人並みに愛国心と王家への忠誠心を持ち、帝国との戦争に懸ける想いもそこから来ている。

その上で、野心と利己心も人並みに持っている。今戦役で大いに名を上げたはよいものの、最終的に敗戦となれば、その武功と栄光も水泡に帰すのではないかと危惧している。

伯爵家《いえ》にもおめおめと顔を出せない。妻は優しい女だ、夫が無事でさえあれば喜んでくれるだろう。しかし岳父は厳しい人物で、婿の立身出世を期待している。

ゆえにこの戦は勝たねばならない。

勝つためならば〝薊姫〟に親征を請い、結果として少女を苦しめたとしても仕方がない。

ネビルは実際的な軍人だから、その考えは揺るがない。

その上で、トルワブラウ軍を独力で勝利に導くことができない己の不甲斐《ふがい》なさや、こんな少女に頼らねばならないことに対する羞恥、そして健気な王女を酷使することへの罪悪感が、人並みに胸にこみあげるのだ。

たとえ偽善者と侮蔑《ぶべつ》されようとも、己の心は偽れないのだ。

（いっそオレが何も思い煩《わずら》うことのない、特別に無神経な人間だったら、どれだけ楽だったことか……）

わだかまる感情が、鉛の如く彼の胸中を重たくするのだ。


「グラハム様。私に無理をするなと仰るなら、おしゃべり相手になってくださいませんか？　そうしてくださったら、すぐに元気が出ると思うのです」

咳《せき》がやんだ後、〝薊姫〟は可愛らしいおねだりをしてきた。

普段は王城の奥で大切に仕舞われている少女からすれば、外の世界の話はなんだって刺激的に違いない。

「承知いたしました。戦のことしか知らぬ武辺者ですが、精一杯務めましょう」

ネビルは笑顔で快諾した。

罪滅ぼしにもならないが、少女の苦しみを一時でも緩和できるなら否やはなかった。

また侍女たちに対しても、

「姫殿下のご身辺に何かご不便やご入用のものはございませんか？　すぐにでも用立てていたしますので、申し付けていただきたい」

「ありがとうございます、閣下。ですが何くれとなくお気を砕いていただいておりますので、今のところ不便などございませんわ。さすがは俊英と名高きネビル将軍と、わたくしども毎日、感心しておりますの」

「それはよかった」

〝薊姫〟が従軍中の、世話係を仰せつかった者としては（まさか総司令にやらせるわけにもいかない）、面目躍如というものだ。

そして武人らしく起立したまま、軽快な弁舌を駆使し、姫殿下を大いに笑顔にさせる。

〝薊姫〟としての責務から自由となった彼女は、純真で世間知らずなただの箱入り娘だ。

ネビルもまたその清らかな心根に触れ、わだかまっていた胸の内が、少し浄化されるような心地を味わう。本来は歳の離れた妹くらいの年齢差だが、娘に対する父親のような微笑《ほほえ》ましい気持ちになれる。

（アンナもこんな風に、素直に育ってくれたらいいのだが）

祖国に残してきた、まだ幼い娘を偲《しの》ぶネビル。

今この一時、軍人としての責務を脇にやり、一人の青年として少女との談笑に興じた。

第三章　火炎魔法を攻略せよ！

帝都。パラ・イクス宮。

セイは美女と晩餐《ばんさん》をともにした後、そのまま二人きりで檸檬酒《れもんしゅ》を酌《く》み交わした。

美しい夕焼け空と残照が、酒の肴《さかな》。

氷室でキンキンに冷やされた甘露は、熱暑の中ではよけいに美味に感じられる。

なんたる贅沢《ぜいたく》！　庶民にとっては難渋でしかない夏の暑さも、皇帝ともなれば堪能《たんのう》すべき風情《ふぜい》や興趣になってしまうのである。

もちろん、そうは言っても暑さ対策もバッチリ為《な》されている。

セイたちのいる帝園には水路が張り巡らされ、ほんのり涼気が漂っているし、四阿《あずまや》は風通しのよい場所に設計されている。籐《とう》で編んだ長椅子《ながいす》も通気性抜群だ。

同じ暑さでも庶民が悩まされている猛暑とは、まるで質が異なる。

おかげで美女と同じ長椅子に腰掛け、べったりくっついても苦にならない。

互いに銀の杯《さかずき》を飲ませっこしたり、戯《たわむ》れにあちこち触りっこしたりと、イチャイチャ三昧。

パラ・イクス内には皇帝の私生活の場である後宮もあり、各貴族家から送り込まれた未来の正妃・妾妃《しょうひ》候補が百人以上もいて、「ご学友」という名目でともに暮らしている。この彼女もその一人で、さる伯爵家の長女だった。

歳《とし》のころはセイと同年代。実りに実った両の乳房が印象的。

「実は陛下にお願いがあるんですけどぉ」

と、舌足らずな口調でおねだりしてくる。

「ほほう、いったい何を所望かな？　新しい首飾りかな？　渡来物の宝石かな？　それとも余の赤ちゃんかな？」

「それも全部欲しいけど、別にあってぇ」

最後、セイがしょーもない下ネタをカマしたにもかかわらず、伯爵令嬢は気にした風もなくおねだりを続ける。

彼女は頭の栄養が全部おっぱいに行っているようなタイプ——と思わせて、それは男ウケを狙《ねら》った演技で、実はかなり計算高い女狐《めぎつね》タイプだとセイは見抜いている。

実際に、伯爵令嬢は鼻にかかった甘え声で続けた。

「帝国軍が北のヴェールを取り戻してぇ、ずいぶん経《た》ったじゃないですかぁ。そろそろ新しい総督を決めてもいいころだって、ウチの兄の手紙に書いてあってぇ。ウチの兄がその総督になりたがっててぇ。だからぁ陛下ぁ、その椅子《ポスト》ちょーだぁい」

「なんとヴェールの総督職を所望か！　ううむ、そいつはな～。余の一存ではな～」

「もしくれたら、なんでもしてあげるからぁ」

伯爵令嬢がおっぱい同様に肉感的な唇で、セイの顔にキスの雨を降らせる。

「ウホホ、参ったな～。大臣らの説得がんばっちゃおっかな～」

セイは鼻の下を伸ばして喜ぶ。

と――

「ヲホン！　ウォホン！」

批難がましい咳《せき》払いが聞こえた。

「あ、ヤベ」『ヤバぁい」

セイと伯爵令嬢は異口同音に呟《つぶや》き、咳払いの主を振り返る。

美しき首席秘書官殿が四阿の外から、恐《こ》わ～い顔でこちらを睨《にら》んでいた。

気《き》を利かせて檸檬酒のお代わりを持ってきてくれたようだが、今は状況がよくない。

伯爵令嬢など覿面《てきめん》に、「うるさい女にマズい話を聞かれてしまった」と顔に書いてある。

他愛無いおねだりならともかく、身内のために重職を求めただなどと他《ほか》の「ご学友」たちに知れ渡れば、後宮での彼女の立場が悪くなるからだ。

「じゃあ陛下ぁ、考えといてねぇ」

そそくさと退散していく伯爵令嬢。

残されたのはセイと、恐い顔をしたままのミレニアさんだけ。

「ぼ、ぼく、なにもわるくないよ。あのおんなのひとが、かってにいってただけだよ」

とりあえず善人ぶりっこしてみるセイ。

すると傍《そば》まで来たミレニアが、長く重たい嘆息《たんそく》をして、

「いい加減、女遊びは自重されては如何《いかが》ですか？　先の大司教も排斥《はいせき》できましたし、うつけのふりをする必要はもうないのでは？」

「だ、だから前みたいに大勢を侍《はべ》らせて、連日連夜の馬鹿《ばか》騒ぎなんてしてないじゃん！　自重してるし慎《つつ》ましいもんじゃん！」

「そもそも遊ぶなと申し上げてるんです！」

キッと睨まれ、セイは首を竦《すく》めた。

同じ凄《すご》むでも四阿の外と内からでは、距離が近づいた分、迫力が増している。

「いやいやいやミレニアさんはそう言うけど、うつけのふりはまだまだ必要なんだってば！」

「理由をお伺いしても？」

「もちろん！　俺《おれ》だって男だし、手を出していい美女が傍に大勢いたら、我慢も限界が――」

「ちょっと焼き鏝《ゴテ》をとって参りますね」

「――というのも本音だけど、ちゃんと必然性もあるから最後まで聞いてぇ！」

「真面目《まじめ》になさい」

「ハイ……。つーかね、大臣連中にもまだまだ皇帝《おれ》のこと、うつけだって侮《あなど》らせておいた方

が都合いいんだよ。コントロールしやすいんだよ」

「一理、認めましょう。ですがまさか、ユーリフェルト様がお帰りになるまで続けるだなんて、仰《おっしゃ》らないでしょうね？」

「ちゃんと区切りは考えてあるってばー」

セイはもっと信頼してよと訴える。

「大臣どもだって馬鹿じゃないし、いずれは俺に手玉にとられていることに気づくだろうね。そうしたら皇帝《おれ》を見る目も変わるでしょ？　その時だよ、俺がうつけのふりをやめるのは。お飾りから本物の皇帝になって、あいつらと閣議で対等以上に渡り合うんだよ」

「なるほど……」

さすがミレニアも才媛だけあり、少し思案するだけでセイの悪知恵の有効性に、すぐ理解を示してくれた。

「そこまでお考えでしたら、女遊びにも目くじらは立てません。ただ引き続き、あまり浪費をしないよう自重はお願いしますよ？」

苦笑いで許可してくれた。

それでセイも得意げになって、

「ミレニアさんが俺の求愛に応《こた》えてくれたら、一発解決なんだけどね。ヴェールの総督職でもなんでもあげちゃうんだけどね」

「すぐ調子に乗らない」

「じゃあせめて今、お酒につき合ってよ～」

伯爵令嬢に逃げられた、その埋め合わせをねだるセイ。

ミレニアもせっかく差し入れた檸檬酒が、もったいないと思ったのだろう。

「わかりました。明日も政務があるのですから、日没までですよ」

お堅いことを言いつつも、籐椅子の隣へ腰を下ろしてくれる。

少し間を開けたその距離が、彼女の貞淑さのバロメーター。

セイは好ましく思いつつ、ミレニアが目くじらを立てないギリギリまでにじり寄る。

詰めることのできたその距離が――今までセイが勝ち取った――彼女の好意のバロメーター。

「かんぱ～い！」

「ご相伴《しょうばん》に与《あずか》ります」

セイはほくほく顔で、ミレニアが澄まし顔で、銀杯を軽く合わせる。

（さっきの子には悪いけど、ミレニアさんと交代してくれてラッキーだったなー）

世の女性に聞かれたら顰蹙《ひんしゅく》もののクズ男台詞《せりふ》を、胸中で呟くセイ。

幸せな気分で杯を傾け、ミレニアとの談笑に興じる。

否。

興じかけたところで、邪魔が入った。

「ご注進にございます！　ご注進にございます、陛下ぁ！」

と血相を変えて走ってきたのは、侍従長。

平の侍従ではなく、老いた彼がわざわざ全速力で駆《か》けてくるなど、よほどの事態である。

「ええ～。聞くの後じゃダメ～？」

「そういうわけにはいかないでしょう」

逢瀬《おうせ》に未練タラタラなセイと違い、ミレニアは真剣な表情になると杯を置いてしまう。

仕方なくセイも侍従長の報《しら》せに耳を傾ける。

「北部方面軍より早馬にございます、陛下！」

「うんうん、それで？　キンゲム君がなんて？」

「七月二十六日深夜、北国軍の強襲を受け、ヴェールを再び失陥いたしましたとのことで！」

ガチャン――とセイは杯を取り落とした。

なんとも大仰、まさに芝居がかった仕種《しぐさ》。だからこそ目《ま》の当たりにした侍従長も恐れ入る。

「お、お許しくださいい陛下！」

まるでヴェール失陥は己《おの》が失態かのように冷や汗をかき、その場で平伏して寛恕《かんじょ》を乞う。

すぐさまミレニアが執り成すように、横から口を添えた。

「陛下――先ほどのお話、まだ有効でしょうか？」

「ん？　なになに？」

他ならぬミレニアの、珍しいおねだり口調に、セイもコロッと上機嫌に戻って聞き返す。

美しきエルフの秘書官殿は、茶目っけたっぷりの笑顔になって言った。

「なんでもしますから、私をヴェール総督にしてください」

「もう無理ですゴメンナサイ！」

これは一本とられたと、セイは両手を挙げて降参した。


ともあれ――

トルワブラウ軍に再びヴェールを奪われた報せは、たちまち方々に知れ渡ることとなった。

宮殿内は蜂の巣を突ついたようになった。

「いったい前線はどうなっておるのか！」

「北部方面軍は何をしておるのか！」

兵部省《へいぶしょう》の高官らを始め、誰もが詳しい事情を知りたがったが、前線はあまりに遠く、状況は杳《よう》として知れない。

翌日以降も届くだろう状況報告を、やきもきしながら待つしかなかった。

一方、その最前線である。

北部方面軍がヴェールを放棄したその翌朝。

すなわち三〇一年七月二十七日のこと。

帝国軍は城塞都市から南に五キロメートルのところで野営陣地を構築し、遅れて逃げてきた兵らの収容を図っていた。

追って大天幕を張り、諸将らによる軍議を開く。

「ワシの許可なく退却喇叭《らつぱ》を号奏させた者がおる――」

不機嫌さを隠そうともせず口火を切ったのは、上座におわす総司令キンゲム。

「――おかげでうやむやにヴェールを失陥することとなった。ワシの経歴に泥を塗られた」

(やはりこの男、速やかに撤退する選択など頭になかったか)

ユーリフェルトはすぐ隣の席で話を聞いて、内心で鼻白む。

もし自分が退却喇叭を偽装しなかったら、兵をあたら無意味に死なせる羽目になっていた。

「誰ぞ、心当たりはないか？」

キンゲムは軍議机に列席する一同を、じろりと睨み回す。

命令系統が遵守されていないことは確かに軍にとって一大事であるから、犯人探しに躍起になることは間違っていない。

もちろん罰せられるとわかって名乗り出るつもりなど、ユーリフェルトにはさらさらない。

どこ吹く風で静観していると──

「退却喇叭はグレン卿によるものだと、私は聞き及びましたが？」

と、いきなり真犯人を言い当てられて、ユーリフェルトは思わず驚き声が出そうになった。

指摘の主はと見れば、狼騎将軍《ろうきしようぐん》マルクが陰湿な笑みを浮かべている。

(馬鹿な。余の幻影魔法の仕業《しわざ》だと見抜いたというのか？)

だとすれば帝室の秘密を守るため、絶対に死んでもらわねばならない。

そんな気迫を目に宿して、末席に座るマルクを注視していると、

「ええ、マルク殿の仰る通りかと」

「某《それがし》もそのように兵らから耳にいたしましたな」

「私などてっきり総司令閣下の命を受けて、豹騎殿《ひようき》がやったのだとばかり」

などなど、「グレン」が犯人だと指摘する声が相次いだ。

ユーリフェルトはまた鼻白む。

(なんのことはない。こやつら、本当に看破したわけではなく、ただ余に罪を被《かぶ》せたいだけか)

言い出した面々が揃《そろ》って、最近の「グレン」の躍進が面白《おもしろ》くなさげな連中だった。

「さて、マルク将軍たちが何を仰っているのか、私には皆目見当もつきませぬな」

ユーリフェルトはぬけぬけと空惚《そらとぼ》ける。

やはり帝室の幻影魔法は露見しづらいと自信を深める。

トルワブラウの火炎魔法等と比べて、手妻のようにちっぽけな力だが、その点だけは誇れる。

「然様《さよう》、豹騎殿に咎《とが》はございませぬ。私も気になり、先ほど軍楽隊に問い質《ただ》して参ったのですが、誰からの命令も受けていなければ、喇叭の一つも吹いていないと申しておりました」

「はてさて面妖《めんよう》なことですが、なるほどカイト将軍の由ではございませぬな」

妬《ねた》んで足を引っ張ろうという者がいれば、口添えしてくれる者もいた。

それも別に、普段からユーリフェルトに好意的な男たちではなかった。ただ将の責務として客観的事実や意見を述べているのみであった。

「面妖な事態だからこそ、やはりこれは〝ザッフモラー〟の仕業なのでは？」

「然《しか》り、然り」

「グレン卿の神懸かり的采配で、戦場に不思議が起こるのはいつものことですからな」

「まったくマルク殿の仰る通り」

怯《ひる》むことなく、なお讒言《ざんげん》を続けるマルクども。

ユーリフェルトとしては怒りを通り越して嘆《なげ》かわしくなる。

（これで理路整然と真実に思い至ったのならば、人格はともかく才覚はある連中よと褒《ほ》めてもやれるのだがな。ただ余の足を引っ張りたい一心で、声を大にして虚偽を言い募るばかりでは、

工夫がないにもほどがあろう）

これが――こんなのが帝国の将軍の有様かと、頭が痛くなってくる。

同時に、宮廷に居座る大臣どもの薄汚い顔を連想する。

彼らとは徹底的に対立し、ユーリフェルトは皇帝としてまともに政策を通すのも難しかった。

帝国の復興を志す己《おのれ》と、帝国を食い物にしたいだけの彼らとでは、利害を一致させることができなかった。

だが、戦場《ここ》は違うと思っていた。

積極性の大小はあれど全員が勝利を欲し、ために目的が一致できると信じていた。

なのに、蓋《ふた》を開ければこれだ。またもこれだ。

ユーリフェルトと利害が一致しない連中が現れた。しかも「僚将の躍進が妬ましい」などというくだらない理由で！

（余はいつになったら、この下等な悩みから自由となれるのだ？）

ユーリフェルトは憤懣《ふんまん》やる方なかった。

と――物思いに耽《ふけ》っていたユーリフェルトは、キンゲムの苛立《いらだ》たしげな声で我に返る。

「もうよいわっ。あのような異常事態だ、現場の混乱も情報の錯綜も致し方あるまいよ」

総司令が犯人追及は不可能だと打ち切ったことで、長い物には巻かれる主義のマルクたちも一斉に押し黙る。

ユーリフェルトは嘆息した。

追及を免れたことへの、安堵《あんど》の吐息などではない。

（この男もこの男で、理屈の是非よりも自分が信じたいものを信じるタチだからな）

単にキンゲムにとって昨今のユーリフェルトは、多くの勝利をもたらしてくれた得難い参謀だから、槍玉《やりだま》に挙がったのが気に食わなかっただけだ。

ユーリフェルトにとって総司令その人が御しやすいのは良いことだが、帝国にとっては遺憾な話に違いない。

「トルワブラウの火炎魔法に対し、どう手を打つかを話し合うべきですな」

すかさず話を切り出したのは、虎騎将軍《こきしょうぐん》のザザだった。

先ほど中立の立場からユーリフェルトに口添えしてくれた、精悍《せいかん》な面構《つらがま》えの中年だ。

諸将らもそれには同意しつつ、

「当代の〝薊姫《あざみひめ》〟、まさか実在しておったとはな……」

「聞きしに勝る、恐るべき魔法でしたな……」

「某はたまたま夜警が担当で、あの炎の怪物とも間近に対したのですが、いやはや生きた心地がしませんでした……」

と、建設的な意見というより嘆き節を口々にする。

こんなものは計算になかったと、皆の顔に書いてある。

ここにいる将軍たちは全員、貴族の出であるため、魔法というものが御伽噺《おとぎばなし》の存在ではないことも、またある程度の性質についても、知識として有しているはずである。


例えば――

帝室や王族の生まれであっても、誰もが魔法の力に目覚めるわけではない。

むしろ確率的には低く、一時代に一人いるかいないかという程度。

さらにはどれだけの強さの魔力を持って生まれるかも、個人差が激しい。

同じ火炎魔法でも使い手によって、都一つを焼き滅ぼすことのできる者もいれば、焚火《たきび》ほどの炎を作り出すことしかできない者もいるといった具合だ。

だからこそ各国王家は、魔法の使い手の存在を極力、秘す。

仮に現在、一人も使い手がいないことを他国に知られたら、侮られてしまうからだ。あるいは使い手がいても、弱い魔力しか持っていないことが露見したら――最悪のケース――周辺国家の侵略の呼び水となってしまいかねないからだ。

だからこそ各国王家は、対外的には強力な魔法使いが実在するというポーズをとる。

ハ・ルーンのように、どんな魔法を相伝しているか秘匿《ひとく》している国家でもだ。もし侮れば、手痛い対価を支払わせるぞと外交の場では匂《にお》わせる。

トルワブラウも同様。「当代の〝薊姫〟は初代に匹敵《ひってき》する麒麟児《きりんじ》」だと常々、嘯《うそぶ》いている。

十年でも百年でも言い続ける。

でも真相は不明という話だ。

初代〝薊姫〟が強力な火炎魔法の使い手だったことは歴史的事実だが、その後は実は一人も魔法に目覚めた王族はいない——ただのブラフかもしれないのである。

「某は当代の〝薊姫〟は実在しない、あるいはしたとしても、こたびの戦役では親征しないと考えておりました……」

「私もだ。国家の存亡を懸けるような一戦ならばとまれ、こたびは奴《やっ》らにとって外征にすぎず、秘中の秘たる〝薊姫〟の力を公開するほどの価値があるものかどうか……」

諸将らのぼやきは続く。

しかし実はユーリフェルトも同じく、〝薊姫〟の出陣はないと読んでいた。

まさか自分が幻影魔法を戦場に持ち込んだことで——しかも敵将ネビルにその真実を看破されたことで——トルワブラウも火炎魔法を持ち込まざるを得なかったのだなどと、神ならざるユーリフェルトに知り得ようがなかった。

（図らずもセイの消極的姿勢のおかげで、命拾いをした格好だ）

と内心、ほぞを噛《か》んでいた。

今回は敵軍の目的がヴェールの奪取であったから、いち早い放棄と撤退の判断により被害を少なくできた。

しかし、もしユーリフェルトの積極的攻勢策がセイに承認され、全軍を挙げてトルワブラウに野戦を仕掛け、そこで不意討ちに火炎魔法による迎撃を浴びていたら、いったいどれだけの被害が出ていたか計り知れない。

(これは謂《い》わばセイへの借りだ。そして借りは勝利で返す)

そのためにも〝薊姫〟の火炎魔法を攻略する!

「――私に考えがあります、総司令閣下」

ユーリフェルトは手を挙げ、発言の許可を求める。

「おお！　その言葉を待っていたぞ、豹騎っ」

キンゲムが覿面に上機嫌となった。

「ただし相手は未知の部分が多い魔法ゆえ、必勝の策というわけには参りませぬ」

「よいよい、構わぬ。まずは試してみなければ何も始まらぬ」

「まず最低限の話、兵らにはあの炎の怪物への恐怖を克服させねばなりません」

「うむうむ、具体的には?」

「あの怪物どもは、邪悪なるトルワブラウ人魔術師が禁断の呪法《じゅほう》で生んだ、神敵ということにいたしましょう。太陽神はご照覧あり、あの怪物どもと勇敢に戦うことで加護を授《さず》かり、またたとえ果てたとしても天国に迎えられると、兵たちに教え諭すのです」

「ふむ……いくら兵どもが無知蒙昧《もうまい》とはいえ、心から信じさせるには時間が要らんか？」

「高位の司祭にツテがございます。その者に兵らの前で説法させましょう」

「おう、それならば説得力があるな！」

キンゲムは膝《ひざ》を叩《たた》いて承認した。

なおユーリフェルトに司祭のツテなどあるわけがない。帝国におけるアマガネク教団は――セイに一掃されたが――宗教悪用者の巣窟だと信じている。

ゆえに用意するのは、幻影魔法で高位聖職者に偽装したエファである。

本人はまたワーギャーうるさく嫌がるだろうが、**必ずやらせる**。容赦《ようしゃ》はない。

「兵らに立ち向かわせるのはよろしいが、あの怪物どもに尋常の武器が通じるのですか？」

次いで嫌味たらしく茶々を入れてきたのはマルクだった。

質問自体は真っ当なものだが、単にユーリフェルトを当て擦《こす》りたいだけだという本音が透けて見える。

しかしユーリフェルトは悠然と構え、答えを返す。

「狼騎殿の懸念はもっともだ。が、これも私に考えがある。昨夜の襲撃時に、私は可能な限りあの怪物どもの様子を観察した。おかげでいくつかわかったことがある」

それを基に練った作戦を、諸将らに語り聞かせる――


トルワブラウ軍との再戦は、その三日後（すなわち七月三十日）のこととなった。

ヴェール城外へ打って出た彼ら北国軍を、ヴェール郊外で帝国軍が迎え撃つ形である。

本来、都市を陥《お》とした後は、しばらく占領統治に専念するのが定石。しかしトルワブラウは、野戦による早期決着を優先したようだ。

これはユーリフェルトにとっては予測の範疇《はんちゅう》で、

（奴らとしても虎の子の〝薊姫〟を、いつまでも国外に派遣しておくわけにはいかぬ。たとえ拙速《せっそく》になろうとも、そうする以外はあるまいよ）

と万端、迎撃準備は済ませておいた。

まず戦場の選定について。ヴェールの南には都市の由来となった同名の湖があり、周辺には都市の胃袋を賄う田園地帯が広がっている。既に小麦の収穫が終わり、禿げ上がった土地だ。

ユーリフェルトはここに布陣するよう進言し、総司令キンゲムに承認された。

対する北国軍は兵力八千。意気軒昂《けんこう》、田園地帯へ軍靴を踏み入れた。

「彼奴《きやつ》らの兵はもっともっと多かったはずだが？」

と疑念を唱えたのはキンゲムだ。

自陣最後方から督戦し、馬上から敵の軍容を眺める。

「ヴェールを占領下に置いたばかりです。それなりの兵力を残していかなければ、市民に睨みを利かすことができません」

ユーリフェルトは即答した。

総司令の隣に轡《くつわ》を並べて、参謀然と振る舞う。

「舐《な》めてくれたものだな。こちらの兵力を、彼奴らも知らぬではあるまいに」

とキンゲムはご立腹だった。

しかし実際、我ら北部方面軍は、なお一万四千の兵力を有していた。しかもこれは負傷兵を完全に計算に入れない実数であった。

「倍の兵力差でも〝薊姫〟の火炎魔法があれば、完勝できる自信があるのでしょう」

ユーリフェルトは敵軍を睨み据える。

最後方に、普段は見かけない大型馬車が五台もいた。

あの中のどれかで、〝薊姫〟が守られているのだろう。

もしくはフェイクで、馬車の中にはいないのかもしれない。

それこそヴェールにいながらにして、火炎魔法を行使できるのかもしれない。

まったく未知というやつは厄介《やっかい》極まりない！

「クソッ。正々堂々たる戦いの場に、魔法などと卑怯《ひきょう》な代物《しろもの》を持ち込みおって、忌々《いまいま》しい」

キンゲムが歯嚙みした。

ユーリフェルトとしては帝国の総司令たるもの、どっしりと構えていて欲しかった。

なお帝国軍は歩兵による方陣の後ろへ弓兵隊、さらにその後方へ騎兵隊を置くという、古《いにしえ》にキマイラ将軍が得意としたことで戦史に残った奇鵜陣《きぬえじん》を敷いていた。

対する北国軍は、定石には全く存在しない陣形だ。

当初こそ歩兵による横陣の左右に騎兵隊を置く、ごく変哲のない虎翼陣だった。

ところが田園一帯へ吹き寄せた突風とともに、その様相が一変した。

帝国軍が掲げる「七稜星《ななりようせい》」旗と、北国軍が掲げる「蒼狼《そうろう》」旗が激しくはためく。

ユーリフェルトは頰《ほお》を撫《な》でる風の中に、自分以外の何者かの魔力を感じ取る。

あるいはその何者か——恐らくは〝薊姫〟の莫大《ばくだい》な魔力が、陣風を巻き起こしたか？

びょうびょうと駆け抜けるや敵陣の周囲に妖《あや》しい鬼火が一つ、また一つと生まれ、そいつらが次々と人形《ひとがた》に変貌《へんぼう》していく。

顔のない炎の怪物どもが無数に顕現《けんげん》する。

そいつらがトルワブラウ軍を円状に囲み、世にも奇怪な陣形を作り上げたのである。

目の当たりにして帝国兵の間に動揺が走った。

「まったく薄気味の悪いバケモンどもだぜ……」

「ああ……お天道様の下で見たら、よけいによう」

そんな声があちこちから聞こえた。

エファに司祭のふりをさせて、とくとくと説法させてこの有様だから、もしユーリフェルトが一計を案じていなければ、まともな戦いにならなかったであろう。

怪物どもに守られて北国兵たちはいきり立った。

「見ろよハ・ルーン人ども、ビビってやがるぜ！」

「〝薊姫〟様のお力で、テメエらなんぞ皆殺しよぉ！」

鉄帽の上から狼《おおかみ》や熊の毛皮を被る、独特の戦装束《いくさしょうぞく》をした連中が祭の如《ごと》く囃《はや》し立てる。

士気盛んなこと、この上なし。たとえ火炎魔法抜きの尋常の戦《いくさ》でも手強《てごわ》いだろう。

そして、ユーリフェルトはトルワブラウの陣形を見て、表情を険しくする。

（余の騎兵突撃を警戒した格好だな）

幻影魔法で姿を消し、妨害を受けることなく敵陣の側面へ回った後、不可視の奇襲突撃を仕掛けるのは彼の得意戦法だ。

しかし、今は怪物どもが敵陣の周囲を完全に固めており、謂わば炎の壁となって守っている。

(あの中へ突撃しては、まさに飛んで火にいる夏の虫か。冗談ではないな)

敵もさすが馬鹿ではない。いつまでも同じ戦法を喰《く》らってはくれない。

その端倪《たんげい》すべからざる敵司令部が、前進喇叭を号奏させた。

たちまち北国兵たちが、炎の怪物に守られた陣形のまま整然と動き出す。

応じてキンゲムも号令する。

「帝国が誇る将兵たちよ！　恐れることは何もない！　神敵を討ち、貴様らの勇気と信仰心を今こそ証明してみせい!!　太陽神《コロナ》はご照覧あるぞ！」

総司令として何もかも足りぬ男だが、声量と迫力だけは立場に相応《ふさわ》しいものがあった。

麾下《きか》将兵たちが奮い立ち、押し寄せる炎の怪物どもを迎え撃った。


本日、最前線を張る槍歩兵たちは、全員が全身を覆う外套《がいとう》を纏《まと》っている。

これもユーリフェルトが発案したもので、水滴が滴るほど充分に濡《ぬ》らしている。

鎧《よろい》では防ぐことができない怪物たちの炎から、せめてもの身を守る対策である。

実際には気休めにしかならないかもしれないが、それが戦場では馬鹿にならない。

(兵の士気を保つためならば、なんでもするのが将というものだ)

ユーリフェルトは他人の気持ちというものに疎《うと》いくせに、こういうことは兵理や学識としてわきまえている。

加えて気休めではない、本命の対策が一つ。

この一帯には湖から引いた農業用の水路が、縦横に張り巡らされている。川に比べれば幅のない、革鎧を着ていても飛び越えられる程度のものだが、それでも水量はたっぷり。

その用水路に設置した二十機の手押しポンプを使い、方陣の後方にいる歩兵が前方の味方の頭上を越えるように放水して、迫り来る炎の怪物たちへ人工の雨を降らしてやるのだ。

果たしてその効果や如何《いか》に――

ユーリフェルトは眦《まなじり》を決し、諸将らは固唾《かたず》を呑《の》んで見守る。

「おお……おおおっ！」

そして快哉《かいさい》を叫ぶ者がいた。

キンゲムだ。鞍上《あんじょう》、手を打って騒ぐ。

人工の雨を浴びた怪物どもが、明らかに怯み、悶《もだ》え、歩調を落としていた。

ユーリフェルトの放水作戦が効果を表していた。

「効いておるぞ、豹騎！　武器は駄目だが、やはり水なら有効のようだ！」

「ヴェールの市民に、バケツに汲《く》んだ水で撃退を図った者がおったのです」

残念ながら、その程度の水量では焼け石に水の様相を呈していたが、もっと大量の水が用意できれば怪物どもを退治できるのではないかと考えたのだ。

（しかし、これでも怯ませるのが関の山で、滅ぼすまでには至っておらぬな……）

大はしゃぎのキンゲムと違い、ユーリフェルトは楽観できなかった。

一方、怪物どもの進行速度が激減したのは事実。

こちらは前進命令を出していないので、彼我の距離がなかなか詰まらない。

その間に自陣二列目の弓兵隊が、敵の歩兵陣へと狙いを定め、味方と怪物どもの頭上越しに矢の雨を降らせてやる。

炎の怪物には効かない通常の矢も、北国兵どもには覿面に効く。バタバタと斃《たお》れていく。

堪《たま》らず連中も矢を射返してくる。帝国兵にも少なからず犠牲者が出る。

だが怪物どもを勘定に入れなければ、一万四千対八千の戦いだ。尋常の矢戦をすれば帝国軍が圧倒的に有利だった。

かといってトルワブラウ兵はまごまごとするばかり。放水作戦により足並みを落とした炎の怪物どもと、歩調を合わせて一向に攻めてこない。矢の雨に蹂躙《じゅうりん》されるばかり。

「ブハハハハハ！　豹騎の策がまたも図に当たったのう！」

とキンゲムは呵々大笑《かかたいしょう》。

「トルワブラウはヴェール攻城の終盤で、まずあの怪物どもを一斉に消失させ、その後に兵らによる突撃と占領を開始いたしました」

ユーリフェルトは最後まで残ったことで、一連の様子を目撃した。

「そのことから察するに、あの怪物どもは人間の——敵味方の区別がつきません」

もし区別可能ならトルワブラウ軍は、怪物どもと一緒に兵を投入すればよかったのだ。わざわざ逐次投入するのは兵理に合わない。

今もそうだ。北国兵らは水を浴びようが平気なのだから、怪物どもが怯んでいるなら彼らがまず突撃してくればよい。しかし北国兵らは怪物どもを追い越すどころか、近寄ることさえ嫌がっている様子がわかる。

どころか喇叭を吹き鳴らして、本隊だけが矢を免れるために後退を始める。前進をやめない怪物どもだけが突出する格好となる。トルワブラウ軍の陣形が歪《ゆが》む。

本来なら兵理に悖《もと》る展開だが——

（火炎魔法で作り出した仮初《かりそめ》の生物《バケモノ》どもが、いくら突出・孤立しようが一向に構わぬという話）

——この異常な戦場では、これが兵理に適《かな》っているのだ。

怯みながらも前進を続けたその怪物どもが、いよいよ帝国兵たちと肉薄した。

まだ能天気に笑っているキンゲムと対照的に、ユーリフェルトは目を鋭くして見守った。

果たして、阿鼻叫喚《あびきょうかん》の地獄絵図が再現された。

最前線に立つ帝国兵たちが無力に、炎の怪物どもに焼き殺されていく。

濡らした外套には気休め以上の効果があったが、怪物どもにべったりと密着されてしまうとやはり兵たちの体のあちこちから引火する。

といって槍も剣も通じない以上、その死の抱擁を阻《はば》むことはできない。

散水で弱らせていてもこの脅威だ。恐るべきは〝薊姫〟の火炎魔法だ。

「総司令閣下――撤退のご決断を」

「ちぃ。やむを得んか」

笑顔から一転、キンゲムは苦虫を噛み潰《つぶ》したような顔で、ユーリフェルトの進言を容《い》れた。

この凡愚でもあっさり決断できたのは、我兵たちのやられっぷりを直視したこともあるだろうが、事前に言い含めていたのが大きい。

退却喇叭がすぐさま号奏され、帝国軍は転進を始める。

散水がやみ、炎の怪物どもが俄然《がぜん》、活力を取り戻す。当然、こちらを追撃してくる。

が、

(奴らは追いつけない。あの怪物どもの足は遅い)

これもヴェールで観察した結果、得られた情報だ。

そして、強大且《か》つ未知の火炎魔法を相手に「必勝」までは計画できなかったユーリフェルトが、ぬかりなく企図していた「保険」だ。

ひたすら走って逃げる帝国兵たちが、のろくさ追いかけてくる炎の怪物どもを見る見る引き離していく。

ゆえに誰も槍も盾《たて》も兜《かぶと》も捨てない。手押しポンプも放棄しない。火傷《やけど》を負った者たちでさえその余裕がある。

戦場において、退却中に追撃を受けるのは最も無防備な状態の一つだが、今回はその懸念が皆無だからこそキンゲムも躊躇《ちゆうちよ》なく決断できた。


ただし――相手は戦巧者のトルワブラウ軍だ。

こちらの大胆な逃げっぷりを見て、すぐさま手を打ってきた。

遅々とするばかりの怪物どもを、もはや用済みと消失させて道を作らせ、足の速い騎兵隊を追撃に放ったのだ。まさに埒《らち》を明けたのだ。

「ま、マズいぞ、豹騎！」

隣を騎行するキンゲムが、背後を振り返って蒼褪《あおざ》めた。

総司令閣下からすれば、こんな展開になるとは夢にも思っていなかったのだろう。

ユーリフェルトが事前に言い含めておかなかったからだ。

言えば無駄にキンゲムの戦意を削《そ》ぐだけなので、黙っておいた。

「問題はありません、閣下。私の部隊が殿軍《しんがり》を務めます」

涼やかに答え、ユーリフェルトは手綱を引いて、総司令から遠ざかっていく。

「待て、豹騎っ！　貴様にそんな危ない橋を渡らせるわけにはいかん！」

キンゲムはたちまち狼狽《ろうばい》してわめき散らした。

撤退戦において、敵の追撃を一身に受けて防波堤となる殿軍は、最も危険で最も難しい役目といえよう。

全滅するケースも珍しくはない。

キンゲムとてそれを理解しているからこそ、必死にユーリフェルトを押し留めているのだ。

他の者と違い、替えの利かない将だと訴えているのだ。

（しかし、余でなくてはこの任は堪《た》えぬからな）

そして同時に、できるできないだけの問題ではない。

「今作戦の発案者は私です。その責任はとります」

必勝の策ではないと予《あらかじ》め公言しておいたとはいえ、そこはけじめをつける。

「死ぬなよ、豹騎！　絶対に死んではならんぞ！」

キンゲムは馬上で振り返りながら、悲壮そのものの形相で叫び続けた。

これが今生の別れになるかもしれないと半ば覚悟を決め、またユーリフェルトの自己犠牲精神（全くの誤解である）に感極まった男の顔だった。

当のユーリフェルトは対照的に、ごく冷淡に馬首を巡らす。

そして直属の五百騎と合流し、彼らを率いて味方とは逆進。

追走してくる敵騎兵千五百と対峙《たいじ》した。

「まともにかち合えば、我ら揃って討ち死にですぞ、グレン坊ちゃん？」

隣を騎行する歴戦の老騎士――副隊長のテッソンが不敵に笑った。

そうは言っても彼一人だけは、生きたまま切り抜けるだろう自信を漂わせていた。

ユーリフェルトもまた同じ顔つきで返す。

「いつも言っているであろう？　私にまともに戦争《いくさ》をするつもりはない」

「あたかも魔法のように、身も蓋もなく勝つ――そうですな？」

「そうだ」

答えた瞬間、ユーリフェルトの蒼《あお》い双眸《そうぼう》に魔力が漲《みなぎ》り、妖しく輝いた。

途端――


トルワブラウの騎兵隊が、自滅するように総崩れとなった。


無論、幻覚を見せてやったのだ！

例えば騎馬の方に、目の前に落とし穴があるように見せてやる。当然、騎馬は驚いて棹立ちになる。しかし騎手の方には何も見せない。するとその彼からすれば、いきなり前触れもなく乗騎が暴れる格好になり、咄嗟《とっさ》に対応できず落馬する羽目になる。

例えばとある騎手に、右から飛来する矢の幻覚を見せてやる。当然、その彼は進路を左に曲げて回避する。一方、また別の騎手には左から来る矢の幻覚を見せてやる。その別の彼は右に曲がって回避する。結果、その彼ら二人の進路が交差し、衝突する。二人と二頭がもつれ合うように倒れる。

そうやって次々と落馬や転倒させてやれば、後続の騎兵にとっては想定外の障害物になる。追撃のため、彼らはみな全力疾走中《しっそう》だ。簡単に避けられはしないし、停止できない。次々と巻き込み事故が発生する。落馬して頭蓋《ずがい》を割る者や、転倒して後続の騎馬に踏み潰される者が続出する。

そうして千五百もの騎兵隊が自滅していったのだ。


「まったく、いつもいつも！　どんな魔法を使ったのやら！」

テッソンが快活且つ物騒に笑い、槍を携えて突撃していく。

（とるに足らん手妻だ。それこそ〝薊姫〟の火炎魔法に比べればな）

ユーリフェルトはニコリともせず、麾下を率いて突撃させる。

落馬したままま だ息のあるトルワブラウの騎兵たちを、一方的に蹂躙していく。

まともに戦えば全員、討ち死にしてもおかしくなかったユーリフェルトら五百騎が、逆に、三倍もの敵を皆殺しにして帰る。

トルワブラウの追撃策を挫《くじ》き、また馬首を巡らせて、悠然と自軍と合流したのだ。

味方の兵たちはもう騒然。

「さすがはカイト将軍だ！」

「おお……まさに神懸かりよ……っ」

「〝ザッフモラー〟！」

大歓呼でユーリフェルトたちを迎えた。

形としては帝国軍の敗走にもかかわらず、結果としては北国軍の方こそ大損害を出していた。

途中の矢戦で射《う》ち負けたのも然《さ》ることながら、最後の追撃戦で貴重な騎兵を千五百も喪《うしな》ったのが痛恨《つうこん》であろう。

帝国兵らもその手応《てごた》えがあるからこそ、逃げながらも勝ち誇っているのだ。

特に鮮やかにすぎる殿軍を務めたユーリフェルトたちを、英雄の如く讃《たた》えているのだ。

そんな歓声と快哉の真っただ中で――

（大いに課題の残る戦だ。結局、火炎魔法の攻略は叶《かな》わなかった）

と沈鬱《ちんうつ》な顔をしているのは、ユーリフェルト一人だった。

彼の持つ大局観、あるいは理想の高さの表れだった。

第四章　それもまた商売の本質

暦は少し遡《さかのぼ》って七月十二日。

ナーニャとステラのはしゃぎ声で、貸し切り状態の露天風呂《ろてんぶろ》。

「あんた、意外とキレイな肌してんねえ」

「意外はひどくない、姐《ねえ》さん！　こう見えて大店《おおだな》の娘だよ？　まあ箱入りじゃあないけどさ。ちっちゃなころからイイ石鹸《せっけん》、使って磨《みが》いてるんだから」

「にしたってこのツヤ、このハリ、すべすべの手触りったら、若い奴《やつ》の特権よねえ」

「ねっ、姐さん、手つきがヤラシーってば！」

きゃっきゃ、きゃっきゃ。うふふ、うふふ。

そんな楽しげで、色気がなくもない美女と美少女の声を、グレンは背中で聞いていた。

三人で混浴はしているが、女性陣の方は一切《いっさい》見ない。そんな状態である。

ナーニャが宿泊を決めた温泉宿。

富裕層をターゲットに一日最大二組しか商売しないため、贅《ぜい》の凝らされた設《しつら》えだが建物自体はこぢんまりとしている。

ラマンサ地方でも五指に入る規模の観光街ミズロで、さらに屈指の格付けの老舗《しにせ》。

その裏手にある露天と屋内、二つの風呂の片方に、昼間っから浸かっている。

「私は後で構いませんので、先にお二人でどうぞ」

とグレンは事前に断ったのだが、

「あら、アタシこそ別に一緒で構わないわよ？」

「兄さんならジロジロ見たりしないだろうしね！　信用あるしね！」

などとステラとナーニャ、二人がかりで言われてしまった。

「それは私も気をつけますが……チラッとでも見えたらどうするのですか？」

グレンはしかつめらしく反論した。

ところが女性陣は「そういうところが信用ある」とばかりに爆笑し、

「あっは、事故ならしょうがないじゃないか」

「故意かどうかが証明できません、ステラさん」

「帝都一の美女を毎晩、抱っこして寝て、今までなーんにもしなかった自制心の塊《かたまり》のグレン兄さんだもん、へーキへーキ」

と二人に腕を引っ張られた。

おかげでグレンはせっかくの温泉なのに気が休まらない。ゆったりするどころじゃない。

すぐ背後に二人の一糸纏《まと》わぬ姿があるのだ。

ステラの肢体《したい》は世の男が求める女性らしさの極致というもので、乳房も尻《しり》もたっぷりと張り、蕩《とろ》けるように柔らかそう。それでいて腰は優美にくびれていて、抱き心地の良さを思わせる。

一方、ナーニャの肢体は世の男が求める少女らしさを備えている。楚々《そそ》と慎《つつ》ましやかだが形の良い胸元《むなもと》と腰つき。華奢《きやしや》で真っ白なお腹《なか》と太もも。抱き心地の良さを想起させるのはステラと同じでも、ナーニャのそれはより庇護欲《ひごよく》をくすぐる。

もちろんグレンからは全く見えない。見てはならない。

だが背後からちゃぷちゃぷと水音がするたびに、想像力をかき立てられるのも事実。

グレンはオルミッド流の練氣修行の要領で深呼吸をし、邪念を打ち消さねばならなかった。

同時に少しでも入浴に集中しようと、湯を掬《すく》い上げてみる。

ラマンサに来るのはこれが初めて。泉質なのか、湯にわずかにとろみがある。

ハ・ルーン人は大昔から風呂好きだと言われている。

かつては大陸の六割を版図とし、入浴文化を広く根付かせた歴史もある。

グレンも例外ではないし、北部戦線での二年間はまともに湯に浸かることのできない日々も多く、辛《つら》かった。

その分を取り返すように、無心になって肩まで浸かっていると——

「ちょっと兄さん、さっきからだんまりじゃーん。一緒におしゃべりしようよ～」

「もしかして、まださっきのこと気にしてる？」

ナーニャとステラが気安い態度で、さらに傍《そば》まで近づいてくる気配がした。

グレンは再び緊張しつつ、

「ええ、まあ……正直に言えば」

と背を向けたまま、歯切れ悪く答える。

「も～、あんなの商売やってりゃ、あるあるだってば～」

「当のアタシらが気にしてないんだから。ね？」

忘れて楽しもうと誘ってくれるナーニャとステラ。

そう、グレンがどうにもリラックスできないのには、もう一つ理由があったのだ――


この宿をとる前、バトランの商隊がミズロに到着して早速のことである。

グレンはナーニャに連れられて、ステラと三人で市長に挨拶《あいさつ》をしに行った。

地方で大々的な商いをするつもりなら、贈り物《ワイロ》を持参するのが慣例なのだと。

ミズロ市長は狒々《ひひ》の如《ごと》く痩《や》せ枯れた老人だった。

しかし双眸《そうぼう》には精気が漲《みなぎ》っているのが印象的だった。

その目でステラの胸元やナーニャの素足を、舐《な》め回すように見ていた。会談の最中ずっと、好色な眼差《まなざ》しを隠そうともしなかった。

対面と辞去の折には、二人に抱擁での挨拶をするよう促した（グレンは無視された）。また握手にかこつけて、二人の手の甲をいつまでも撫《な》でさすっていた（グレンは無視された）。

ナーニャは商人として、ステラは元妓女《ぎじょ》として、さすがのプロ。嫌な顔一つ見せず、完璧《かんぺき》な営業スマイルで市長のセクハラに対応していた。

グレンの方がよほど怒りを見せないよう、表情を取り繕《つくろ》うのに苦労させられた。

市長がステラに向かって、「ワシの愛人になる気はないか？　贅沢《ぜいたく》をさせてやるぞ」と持ちかけた時などは、思わず手が出そうになった。

市長はあくまで冗談めかしていたが、目は本気だった。

いや、仮に冗談だったとしても、言っていいことと悪いことがある。


思い出したらまた腹が立ってきた。

「私たちは皇帝《セイ》の認可を得て、商いに来たのです。にもかかわらず、あそこまで市長に阿《おもね》らなくてはならないのでしょうか？　あれほどの無礼を忍従しなければならないのでしょうか？」

と、つい愚痴をこぼしてしまった後、グレンは反省して湯に口元まで浸かる。

「そこはホラ、相手は腐っても市長だからさ」

背後でナーニャが執り成すように、愛想《あいそ》笑いになって説明する。

帝国において、地方都市の「市長」とは立派な官職である。

このラマンサ地方はベベル子爵の所領であり、平時は帝都で暮らす子爵の全権代理人として、領内各所の町を治める高位の役人が彼らなのだ。

ゆえに「代官」と呼ばれることも多い。

「お貴族サマたちには自治権があるからさ。いくらセイの兄貴がラマンサで商売していいよって認可をくれても、関税を設定するのは子爵サマやお代官サマたちなんだ。さっきのエロ市長がどんだけムカついても、あたしたちが楯突《たてつ》いて、気分を害して、『じゃあおまえらの税率、百倍な』とか言われちゃったら、実質的に商売できなくなっちゃうんだよ」

「………………」

宥《なだ》めるようにナーニャに言われ、グレンは押し黙る。

背後で少女がさぞ渋い顔をしているだろう様が、声音からありありと伝わる。

(私も一応、貴族の端くれですが……)

自治権のことは知っていたが、カイト家では昔からそんな個人的感情で悪用したことはない。代官らに許したこともない。だから発想自体がなく、聞かされるまで思いも寄らなかった。

またも己《おのれ》の世間知らずを思い知らされた。

「……他《ほか》の商会も、同じ理不尽を味わわされているのでしょうか？」

「老舗の大手サンたちも、賄賂は欠かさないと思う。でも、あたしたちほど下手に出る必要はないんじゃないかな？」

「それはどういう理由ですか？」

「老舗サンたちは、それこそ公爵サマとか大貴族との癒着《つきあい》が長いからね。子爵やその代官風情《ふぜい》があんまりムカつくようなら、そっちに泣きついて仕返ししてもらうことができるって寸法」

「……なるほど」

「比べるとウチは、セイの兄貴でやっと三代目の成り上がりだからねー。ケツを持ってくれるような大貴族サマもいないし、大店っていってもそりゃ立場が弱いもんよー」

「………………」

これまたすっきりとはしない理不尽な話に、グレンはますます嫌気が差す。

一方、ナーニャは話を続けて、

「ウチより大きな商会がさ、帝国には五つあるの。もちろん全部、歴史が余裕で百年を超えるような老舗」

「コネヤック商会とかブランデル商会とかよね？　花街でも歓迎されてたわ」

とステラも話に加わった。

「ご当主さんやご子息さんたちが、金払いはいいし遊び方も心得てるでね。ただセイさんと違って、やり手の切れ者って感じはしなかったかな。イイトコのボンボンって人たちばかり」

「そりゃねー、絶対に商売で勝てる仕組みが大昔から出来上がってるから、優雅でいられるよねー。ウチみたいにあくせくしないでいいよねー」

とナーニャが嫌味たっぷりにぼやく。

「絶対に、ですか？」

「そ、そ」

グレンが訊《たず》ねると、ナーニャが急に懐《なつ》かしげな口調になって、

「三年前にセイの兄貴が、他の兄貴たちを押しのけて商会長を継ぐことが決まってさ。これでバトランは安泰だ、いよいよ老舗サン方とバチバチにやり合えるって、あたしは喜んだの」

「実際、セイならあっさりと帝国一の商会にしてしまいそうですが」

グレンも大いに同意した。

長年、帝室にとって目の上のたんこぶだった教団を、わずか三か月で一掃してみせた鮮やかなセイの手腕は、彼が破格の人であることを証明していた。

「でもクソ兄貴は『無茶言うな』ってぴしゃりよ。『夢見がちなガキかよ』って笑われた」

「そうなのですか？　老舗の五商会には、まさかあのセイをも上回る商才があると？」

「違うんだよ、グレンさん――」

セイに笑われた時を思い出しているのか、懐かしさの中に苦い口調を滲《にじ》ませるナーニャ。

「――例えば、塩の市場や流通じゃあコネヤック商会が最大手なんだけど、ここにバトランが割って入るとするじゃん？　実際、セイの兄貴がボスになって、ウチの商会全部を手足のように使えるようになって、見る見るマーケットを奪っていったんだよ」

「でも、コネヤックには敵《かな》わなかった、と？」

「そ、そ。途中でね、旗色が悪くなったコネヤックが刑部大臣《けいぶだいじん》に働きかけて、法律を変えさせたの。塩の卸売りには認可が必要になって、でもウチはなんのかんの理由をつけられて、その認可をもらえなかったの。お上の力で市場から叩《たた》き出されたの」

「………」

「他にもセイの兄貴が、これからは東国風のファッションが流行るって読んで、それを西国産の上質な絹糸で仕立てさせてブランド価値を高めるって商売を始めたら、大当たりしたの」

「ああ、それ。花街でも大人気だったよ。あれ、バトランさんとこの服だったのかい？」

「途中まではだよ、姐さん。大流行した途端、西国産の絹にとんでもない関税がかけられて、ウチは手を引くしかなくなったんだ。で、ブランデル商会がクソ兄貴のやり方をパクって市場を独占した途端に、絹にかかる関税が元に戻ったんだ」

「つまりブランデルが、財部大臣《ざいぶだいじん》辺りに関税をいじらせたってことかい？　汚いねえ！」

ステラが我が事のように憤慨した。

「そんなものは、もはや商売でもなんでもありません」

グレンもまた同じ想《おも》いだった。

要するにこれらが、老舗商会が絶対に勝てる仕組みとやらなのだろう。

セイがどれほど才人であろうとも、所詮は一商会がお上を相手に敵う道理はない。

大貴族とのパイプを持てない、成り上がり者の限界。泣き所。

真っ当な市場競争ならば、大勝ちしていたのはセイの方なのに！

さぞや悔《くや》しい想いをしたことに違いない。


「だよね、あたしもグレンさんに同意」

ナーニャが力なく苦笑した。

「でもセイの兄貴に言わせれば、そんなのは理想論《きれいごと》だって。お上や役人と癒着《ゆちゃく》するのも商売の本質だって。少なくとも帝国は大昔からそうなってるんだって」

それがわかってなかったナーニャだから、ガキだと笑われたのだと。

「……帝国は本当に、どこもかしこも膿《うみ》だらけだ」

温厚なグレンが思わず吐き捨てずにいられなかった。

しん、と空気も静まり返る。

でもすぐにナーニャが生来の陽気さで、沈黙に耐えかねたように話を続けて、

「ともかくその二つでセイの兄貴は、バトランの三代目は只者じゃないって名を売ったんだ」

「なるほど、勝てないと承知でコネヤックにつっかかった目的が、それだったのですね」

「うん。クソ兄貴はその信用で今度は老舗商会に、一緒に商売しようって持ちかけたの。何か新しい商売を思いつくたびにあいつらの一社と合同事業にして、取り分もあっちが七でウチが

三でって感じで」

「アイデアはセイさんのものなのに、そこまで譲歩したってのかい？」

「だけど姐さん、それならあいつらに邪魔されないでしょ？」

「そりゃそうだけど、他人事《ひとごと》ながら納得はいかないねえ……」

「クソ兄貴はよく『損して得取れ』って考え方をするんだけど、あの人なりに弱者の生存戦略を突き詰めた結論が、それなんだと思う。実際、このやり方でもバトラン商会は、クソ兄貴の代で三倍に成長できるって自画自賛してた」

「三倍！　素晴らしいではないですか。さすがはセイです」

グレンは心の底から感心し、唸《うな》る。

ところがナーニャはまた苦笑いで、

「だけど老舗の五社とウチじゃ、資本に十倍の差があるの。そんでクソ兄貴の代でちょっと差を詰められたとしても、兄貴の後を継ぐ四代目が『けっこう優秀』程度の人だったら、また老舗と差が開いていくと思うの」

「…………」

三十年、五十年というスパンで見れば、セイ一代の努力など水泡に帰すという話だ。

なんのために頑張ったのかという話だ。

「虚《むな》しいな――ってセイの兄貴が一回だけ、ボソッとこぼしたのを聞いたことがある」

「……難しいのですね。……理想論《きれいごと》ではない商売は」

グレンは噛《か》みしめるように言った。


ともあれ、ナーニャが伝えたかったことも理解できた。

「お貴族サマやお役人サマたちと上手《うま》くつき合っていくのは、商売をやる上でどこまでもついて回る問題で、あのセイの兄貴でさえ手を焼く厄介事《やっかいごと》だからさ。今日のエロ市長があの程度のセクハラで、後は好きに商売やらせてくれるってんだから、まだマシな話だよ」

「正直、まだ受け容《い》れ難いのですが……わかりました。今後も努めて呑《の》み込むことにします」

グレンはしかつめらしく答えた。

自分はセイからバトラン商会を預かっている立場だ。個人的感情で商会の営みを妨げるような真似《まね》は、慎《つつし》まなければならない。

「明日はいよいよトナモロだからね、グレン兄さん！」

ナーニャが発破をかけるように元気な声で言った。

ミズロにも社員や商品の一部を残して卸売りさせる他方で、グレンらは商隊を引き連れて次の町へと向かうのだ。

トナモロはラマンサ地方の中心都市。且《か》つ現在はベベル子爵が滞在中だと聞く。

大司教ホッグの乱で帝都が戦場になった結果、避難してそのままなのだと。

（ベベル子爵なら、挨拶もすんなり終わるだろうか）

とグレンは思案する。

ステラの手前、口には出せないが、カイト家もベベル家も同じ北方諸侯ということで、面識があった。

上品で温厚な人柄の中年だ。確かに領主としては頼りないところがあって、臣下たちを巧《うま》く掌握できてもいないのだろうが、根が善良な御仁であることは疑いない。

グレンも前向きに考えることにし、風呂を上がる。

夕食はひどく豪勢なものだった。

宿が一流だからという以上の歓待を受けた。特に地元の猟師が届けてくれたという、わざわざ生け捕りにした猪《いのしし》が絶品だった。いくら金を積もうが滅多に食べられない、新鮮な内臓料理を堪能《たんのう》できた。

「猪の肺ってこんなにふわふわなんだ⁉　オモシロ美味《おい》しすぎるんですけど⁉」

「アタシはやっぱりレバーだねえ。これぞオトナの甘み、お酒のアテに最高だよ」

と、ナーニャもステラも初めての珍味に大喜び。大はしゃぎ。

女性陣が楽しそうにしていると、グレンも一緒にうれしくなる。得も言われぬ弾力が美味の、腎臓の油煮に舌鼓《したつづみ》を打つ。

「通常料金でこんなにご馳走《ちそう》になっていいのかしら！」

「美味しい猪を差し入れてくれた、猟師の旦那にもお礼を言いたいねえ」

「いえいえ、お礼を言いたいのはこちらの方ですよ、バトランさん」

給仕をしてくれる女将《おかみ》が、営業ではない本物の笑顔で言った。

ラマンサ地方もトルワブラウに占領されたり、また帝国領に戻ったりと、このところ政情が不安定だったため、物流が滞りがちだったという。特に医薬品等が不足がちだったという。

そこへバトランの商隊が訪れて、今後の流通問題の見通しが立ったということで、通常以上の歓迎とサービスをしてくれているのだと。

件《くだん》の猟師も同様で、「ぜひ商隊の皆さんに」と特別に猪を獲って届けてくれたらしい。


満腹になって寝床に入る前に、グレンはしみじみと言った。

「世の中の役に立つ仕事をやっているという実感を、改めて噛みしめました」

もちろん将兵らが命懸けで戦っているのだとて、帝国のためだと理解している。

しかし、ことグレン自身に関しては、戦場でどれほど剣を振るおうとも、それが世のため人のためだという実感は、日に日に摩耗していった。前線にいた二年間で完全に喪失した。

比べて今はどうだ？

「帝都の復興工事に携わったのもそうですが、商会の仕事はとても充実感があります」

「グレンさんがそう言ってくれるのはうれしいけどねー」

「根っからの真面目《まじめ》だよねえ、グレンさんは」

女性陣が微笑《ほほえ》ましげに言った。

宿の寝室にはベッドが二つ備え付けられていて、グレンとステラが一つを、ナーニャが一つを使い、床に就く。

ステラと同衾《どうきん》するのは安心させるためだ。グレンが傍にいると、大司教ホッグに拉致《らち》された恐怖がぶり返す頻度が減るのだ。

一方、ナーニャとも旅の間は同じ部屋で寝ていた。このミズロは大丈夫そうだが、治安に問題の残る地域での卸売りということで、グレンの傍が一番安全だという判断だ（なお同行しているその他の社員や傭兵《ようへい》たちは、普通の宿に分散して泊まらせている）。

明朝も出発は早く、みな大人しく寝る。

「今夜は気持ちよく眠れそうだね」

一緒のベッドに向かい合って横たわる、ステラが囁《ささや》いた。

星空のように煌《きら》めく彼女の黒い瞳《ひとみ》が、すぐ至近距離にあった。

「そりゃあ仕事ってやつは当然、楽しいことばかりじゃないけどさ――」

昼間のミズロ市長のハラスメントのことを言ってるのだろう。

「だけどクヨクヨしてても仕方がないしね。第一、アタシはグレンさんが怒ってくれたことが、うれしかったよ。とってもね」

だから気持ちを切り替えることも簡単だった、と。

ステラはグレンの胸板に、そっと頬《ほお》を寄せてきた。

「仕事に遣《や》り甲斐《がい》があるってことは、とても幸せなことさ」

「ええ、そうですね。本当にそうだと、再確認できました」

だからグレンも気持ちを切り替える。

穏やかに瞼《まぶた》を閉じる。

明日からもどんどん挨拶回りをして、ラマンサの隅々にまで流通を行き渡らせるのだ。

「おやすみ、グレンさん」

「おやすみなさい、ステラさん」


翌七月十三日。

〝薊姫《あざみひめ》〟の火炎魔法により、帝国軍が再びヴェールを失う夜の、ちょうど二週間前に当たる日。

商隊はいよいよ山間部に入り、ラマンサ最大都市トナモロを目指した。

街道こそ中規模のものが整備されているが、左右を山林に挟まれた峠道には違いなく、往来には危険が伴った。匪賊《ひぞく》の類《たぐい》が潜伏し、待ち構えている可能性がゼロではなかった。

ゆえに帯同した傭兵たち百人が、厳重に警護してくれている。

全員、二代目商会長（セイやナーニャの父親）時代からの、お抱えの私兵だ。

隊長シュバルツ以下、腕っこきの古強者《ふるつわもの》たちだ。

契約金もたっぷりと払っている。バトラン商会は立場がまだまだ弱い成り上がりだからこそ、荒事対策に金を惜しまない。

そして、商隊は大過なく峠を抜けて、トナモロ盆地へ。

人口二万を擁する同名の温泉街に、予定通り昼前に到着した。


ところがそこで、思わぬ事態と出くわした。

「ベベル子爵が代替わりしてるって⁉」

社員からの報告に、ナーニャが目を白黒させる。

三人ほど先行させて、トナモロの最新情報を集めさせていたのだ。豪商たる者の嗜《たしな》みだ。

「ほんの半月ほど前に子爵が急逝《きゆうせい》し、正嫡《せいちやく》が跡を継いだようです」

「ダッケロニという名の、まだ二十歳前の若僧です。放蕩《ほうとう》息子だとか、横柄《おうへい》と横暴が服を着て歩いているだとか、領民の評判は最悪ですな」

「お優しい領主様からその最悪の孺子《こぞう》に代替わりして、トナモロは大丈夫なのかと住民も不安がっております」

と、先行した社員たちから代わる代わるに言われて、

「ぬーん。なんか雲行きが怪しくなってきたわねえ」

と、ナーニャは頭を抱える。

グレンも楽観してはいられなかった。張り切って挨拶回りをしようと決めたばかりなのに、幸先の悪さを感じずにいられなかった。


とはいえ挨拶に行かないという選択肢はない。

大量の商品をラマンサくんだりまで輸送するのに、既に莫大《ばくだい》な経費がかかっているのだ。腹を括《くく》り、グレンとナーニャ、ステラの三人で領主館を訪問する。

そして、嫌な予感が的中した。

通された応接室。

飾られている調度品はどれもけばけばしく、趣味がいいとはとてもいえない。グレンの知る先代子爵の好みとは思えない。新たな館の主は父親の急逝を偲《しの》ぶどころか、死後わずか半月で、屋敷内の何もかもを自分色に塗り替えてしまったのだろう。

グレンたちが三人で腰掛けている長ソファも、新調されたものだった。

そのソファを帯剣した十二人の男たちに、遠巻きに取り囲まれていた。

応接室に物騒な雰囲気が満ち満ちる。

ナーニャもステラも気丈に睨《にら》み返しているが、明らかに蒼白《そうはく》になっているし声を失っている。

当然だ。二人とも女性だし、荒事に慣れているわけでもない。

その分、グレンが毅然《きぜん》とした態度で、向かい側のソファに座した男に応じる。

新領主のダッケロニである。

痩せぎすで、顔色の悪い青年。

ソファにふんぞり返り、傲然《ごうぜん》と足を組んでいる。自分を精一杯、大きく見せようとしているのが丸わかりだが、効果のほどは今一つ。

真昼間だというのに、ひどく酒気を帯びていた。恐らくは不健康の原因だった。

その酔眼をじぃっとステラに向けて、尊大に言い放った。

「——いいか、もう一度だけ命じるぞ？　その美女《オンナ》をオレに献上しろ。そうすればオレの領内で、好きに商売をさせてやる」

と理不尽な条件を、のうのうと口にしてみせる。

昨日のセクハラ市長も度し難かったが、ダッケロニの要求は度を越している。

億劫《おっくう》そうに応接に現れた彼が、ステラの美貌《びぼう》を一目した途端、妾《めかけ》によこせの一辺倒なのだ。

確かに帝都の歓楽街でも、随一と謳《うた》われたほどの彼女だ。こんな中原からも遠い田舎《いなか》の小領では、まず滅多に見つからないレベルだろう。

ミズロ市長やこの新子爵が、見境をなくすのもさもありなん。

だからといって、箍《たが》を外していい理由にはならない。

「バトラン商会のセイと申したか？　なかなか気の利《き》いた献上品を持ってくるではないかと、せっかくこのオレが目をかけてやろうと思っているのだがな。さて、オレの見当違いだったか？」

などという言い様を、グレンは許容するわけにはいかない。

「ステラさんは物ではありません。献上するもしないも、そもそも話が成立しません」

まるで主君へ諫止《かんし》するように、背筋を伸ばして道理を説く。

口調はあくまで温厚に。内心の怒りを包み隠して。

（グ、グレンさん、穏便に！　穏便にね！）

とナーニャが慌《あわ》ててアイコンタクトしてくるが、もちろんわかっている。

ケンカをしに来たのではない。商売に来たのだ。

剣だってちゃんと置いてきた。

なのにダッケロニはそのグレンの思慮をせせら笑い、

「薄汚い商人風情が、分別臭いことをほざくな。子爵たるオレがその気になれば、力ずくで奪うこともできるのだぞ？」

言いながら、帯剣した取り巻きたちへ目配せする。

全員がまるでゴロツキめいた風貌《ふうぼう》と物腰の男たちだった。

先代から仕える真っ当な騎士たちもいるだろうに、ダッケロニにとっては信用の置ける護衛というと、この連中なのだろう。

新領主の人望や日頃《ひごろ》の振る舞いの表れだと、グレンには思える。

「いつでもご命令くださいよ、領主様」

「こんな優男、あっしらが五秒で切り刻んでやりますよ」

「小娘の方は俺《おれ》らぁでいただいても構いませんかい？」

「乳も尻も全然だが、器量の方は上玉だ」

「ケヒヒッ」

遊び半分で腰の物に手をかけたゴロツキどもが、威圧してくる。

ナーニャとステラが一瞬、身を竦《すく》ませる。女性としては極めてタフな二人だが、男どもが醸し出す粗暴な気配に当てられて、臆するなというのが無茶な話。

だからグレンは二人を安心させるように、なお堂々とした態度で主張する。

「ダッケロニ卿——あなたこそ仮にも帝国貴族なら、分別というものを持つべきです。こんなならず者どもを頼みにし、か弱い婦女子を脅《おび》えさせて、偉大な先祖に顔向けできるのですか？」

(グレンさん、言い方！　言い方ぁ！)

とナーニャがますます慌てた様子でアイコンタクトしてくるが、グレンは大丈夫ですからと微笑み返す。

一方、ダッケロニだ。

「ご先祖だろうが親父だろうが、死んだ奴のことなんざ知ったことかよ！　今はオレがベベル子爵だ！　オレの領地じゃオレが王様なんだよ！」

などと恥ずかしげもなく言ってのけた。

品性の欠片《かけら》もない、まさに服だけ上等なものを纏った猿の如き態度だった。

多少は取り澄ましていた口調も、地が剥《む》き出しとなった。

「テメエも商人なら賢く生きろや？　たかだか女一人を差し出してオレの領地で大儲《おおもう》けするか、あくまで意地を張ってオレにぶっ殺されて、結局は女を奪われる羽目になるか。どっちがお得か考えるまでもないと思うんだがなあ？」

さも温情だと言わんばかりのダッケロニに、グレンは嘆息《たんそく》を禁じ得ない。

（先代子爵殿は頼りない御仁だったが、後継者の育成も失敗したようだ）

同じ帝国貴族として嘆《なげ》かわしくてならない。

「あなたも領主だと威張るなら、賢くおなりなさい」

これが最後の忠告だと、グレンは目と口調で訴えた。

ナーニャが「もうやめて……それ以上、神経を逆撫《さかな》でするのやめて……」と泡を食った。

しかし、グレンは忠告をやめない。

「バトラン商会と揉《も》めて困るのは、あなたも同じでしょう？　領内で何かと不足が出ているそうではありませんか。いつまでも流通が止まったままでは問題でしょう？」

「オレは何不自由してないし、じゃあ何も問題はねえよ」

領主たる自分がよければ領民が困窮しようと知ったことではないと、ダッケロニは居直る。

「貴族としての責務を放棄するというのですか？　あなたがどうして贅沢をしていられるのか、なぜ領主は民から血税を得られるのか、まさかその理由をご存じないとでも？」

「ああもう面倒臭え！　いちいち洒落臭《しゃらくせ》え！」

グレンに諭されたダッケロニは、とうとう聞く耳さえ放棄してキレた。

「おい、この優男の腕を一本、斬り落としてやれ！　痛い思いをすりゃあ、ちったあ反省するだろ。それか女の方から勘弁してくださいって言ってくるだろ」

「お任せくだせえ、ご領主様」

「その言葉を待ってましたあ！」

「ケヒヒッ」

ゴロツキどもが嗜虐的《しぎゃくてき》に笑い、次々と抜刀していく。

「だ、だから言ったのにぃぃぃぃっ」

「アンタも肚《はら》ぁ括りなっ」

反射的にナーニャは震え上がり、ステラが庇護するように彼女を抱きしめる。

そして、グレンとしてはやむを得ない。

ずっと自重していた、その重い腰を上げた。

「剣を収めなさい。私は手加減ができない未熟者です。武器を向けられたら、あなた方の命を保証できる自信がない」

静かに立ち上がると同時に、全身から〝氣《ウィタエ》〟がゆらりと立ち昇る。

もしこの場にオルミッド流を修めた一流の剣士がいれば、グレンの氣力が尋常の域ではないことに気づくことができただろう。

だが、こんな田舎のゴロツキ風情に、そんな気の利いた真似ができるわけがない。

「かっこいいなあ？」

「こっちゃ十二人。テメエは一人。商人なのに計算もできねえのか？」

「しかも素手じゃん。それで大口叩くとか、おまえさては馬鹿《ばか》だな？」

「ケヒヒッ」

グレンのことを舐め腐り、無遠慮に――否《いな》、無防備に近づいてくる。

ここが戦場なら、この時点で彼ら十二人の首は、まとめて胴と泣き別れになっていた。

（ですが、私は戦いに来たのではない。あくまで商売をしに来たのです）

グレンは無手のまま〈貔貅《ひきゆう》〉の構えをとる。

相手の油断につけ込んで、たっぷり五秒の練氣。

オルミッド流の套路《とうろ》の術理に従って、さらに金氣《ジン》と呼ばれるものへと昇華させる。

それを右拳《みぎこぶし》に集中させ、そのまま右腕を大きく振り上げる。

そして――ローテーブルごと打ち抜くように、床へと叩きつけた。

瞬間、激震が走る。


拳から発生した莫大な衝撃が、領主館を土台から揺さぶる。

二階建て、全二十室はあろう屋敷が、中の物ごと右に左に激しく振動する。

いわば局地的な大地震である。

グレンの一撃がそれを為《な》さしめた。

尋常ではなく揺れ続ける床で、ゴロツキどもはもう立っていられず、バタバタと倒れていく。

ソファに腰掛けていたナーニャとステラも、何事かと抱き合って脅える。

ダッケロニなど座ったまま腰を抜かしている。

時間にして十秒ほど。しかし、彼らにとってはひどく長く感じられただろう。

屋敷が悲鳴を上げるように軋《きし》んだ後、ようやく揺れは収まった。

「…………」

「…………っ」

「……………………」

誰もが声を失っていた。

唖然呆然《あぜんぼうぜん》、震動がやんだ後も、誰も立ち上がることができない。

凍《い》てついたかのような戦慄的《せんりつてき》な空気の中、一人、グレンだけが平然と立っている。

噛んで含めるような口調で説く。

「――いいですか、もう一度だけ言います。私は臆病なので、いざ戦いになったら手加減などできません。剣を向けられたら、本気で殴り返さざるを得ません」

グレンの足元には、木端微塵《こっぱみじん》に粉砕されたローテーブルが散乱していた。

叩く対象が人体だった場合、どんな結果になることか。

「どうか私にそんな真似をさせないでいただきたい。私はただ商売をしたいだけなのです」

周囲をぐるりと見回すと、ゴロツキどもが早や主君を見捨てて、這《ほ》う這《ほ》うの体《てい》で逃げ出す。

正面を見つめると、ダッケロニがソファで赤子のように縮こまっている。

「ステラさんは渡しません。領内で卸売りをさせていただきます。税は既定の範囲で納めます。それでよろしいですか?」

「……っ。……っ。……っ」

新領主は何事か言いたかったようだが、口をパクパクさせるだけで言葉にならない様子。

代わりに何度も何度も首を縦に振っていた。

「ご理解ありがとうございます。それでは失礼いたします」

グレンは折り目正しく一礼すると、踵《きびす》を返す。

「い、一件落着……って言っていいのかなコレ……」

「グレ――セイさんは交渉の仕方も規格外だねえ」

女性陣が安堵《あんど》したように、ソファにぐったりもたれかかった。

グレンはそんな二人に手を差し伸べ、

「立てますか？」

「こ、腰が抜けた……」

「い、今のセイさんには本当に何度もびっくりさせられるよ」

「わかりました。お二人にも失礼します」

グレンは二人を軽々と持ち上げると、両脇に抱えていく。

「あたし、荷物じゃないんですけど……」

「申し訳ありません。こうしないとお二人同時にお連れするのは難しくて」

「だからって仮にも女の子に対して、この扱いはないと思うの……」

「肩に担いだ方がよろしいでしょうか？」

「そういう問題じゃないと思うの……。兄さんは朴念仁がすぎると思うの……」

腰が抜けた「妹」が、グテッとした姿勢のまま不平をこぼす。

「慣れなよ、ナーニャ。アタシはこれで二回目だよ」

ステラが大司教《ホッグ》の魔手から逃れた時のことを思い出したのか、苦笑いする。

二人ともこれだけ口が利けるようになれば、もう大丈夫だとグレンも安心。

最後にダッケロニを一瞥《いちべつ》し、領主館を辞去した。

愚かな若子爵は脅えたように、慌てて目を逸《そ》らした。

その瞳にはグレンに対する恐怖心と、等量以上の憎悪の色が見て取れた。

だから──

「ナーニャさん。今夜の宿なのですが」

「昨日と同じくらいイイトコを押さえてあるよ。せめてもの憂《う》さを晴らさせてもらうよ」

「いえ、私に考えがありまして──」

屋敷を出て道すがら説明するグレンに、ナーニャがますます不満を垂れることとなった。

第五章

グレンの「商才」

それはまだユーリフェルトが十三歳のみぎり――

来週から法学の授業を始めると教師に言われ、幼少にして既におさおさ学問の怠りなかった皇太子は、宮殿の書庫で予習をしていた。

そして法学書の一冊を前にして、頭を抱えていた。

内容が難解だったからでは決してない。

少壮にして聡明だったユーリフェルトは、むしろ理解できたからこそその内容に衝撃を受け、絶望に打ちひしがれていたのである。

彼が繙《ひもと》いていたのは、貴族法の歴史に纏《まつ》わる一冊だ。

要約すれば、例えばこんなことが書かれていた。

『一一五年、各家がその領内での税率を、自由に決定できる新法が成立』

『一四三年、各家が所有する兵数と軍備に関し、あらゆる制限が撤廃される』

『二〇九年、新たな法解釈により、帝室の貴族領に対する内政干渉は事実上、不可能となる』

――と、万事がこんな具合。

最初は限定的だった貴族らの持つ自治権が（ディナス帝室の権威が失墜する、帝国暦一〇〇年代を境に反比例して）徐々に強化され、ついには際限がなくなるまでの経緯が、克明《こくめい》に綴《つづ》られていたわけだ。

それすなわち、政治闘争における帝室の敗北の歴史である。

ゆえにユーリフェルトは絶望し、頭を抱えていた。

「まさか貴族どもが、ここまでやりたい放題だったとは……」

道理で女帝《ははおや》が大臣たちに対して、強気では出られないわけだ。

由々《ゆゆ》しき政情だ。

「余が戴冠した暁には、必ずや貴族どもとの対決に勝利し、帝室の権限《ちから》を取り戻してみせる！」

顔を上げたユーリフェルトは、決意も露《あら》わに宣言した。

独り言ではない。隣でエファが聞いていた。

「さすがです、ユーリフェルト様！　御身《おんみ》であればきっと不可能ではありません！」

と、瞳《ひとみ》をキラキラさせて賛同する。

後のエファの小生意気な言動を見ると信じられない話だが、このころの彼女はユーリフェルトに心酔していた。

なにしろ弱冠十三歳で、難解な法学書を読み解く皇子だ。すわ神童だと崇拝し、彼の言葉は全く疑わなかった。

「まずは近衛《このえ》や兵部《ひょうぶ》を味方につけ、実戦兵力を掌握する」

「ご聡明なユーリフェルト様なら楽勝ですね！」

「また金や経済を侮《あなど》ってはならぬ。財部《たからべ》を懲《こ》らしめ、余の恣《ほしいまま》にしよう」

「それもユーリフェルト様なら余裕ですね！」

「そして刑部《ぎょうぶ》に圧力をかけ、撤廃された貴族法の数々を復古させるのだ」

「何もかもさすがです！　ユーリフェルト様以外の何者にそれが叶《かな》いましょうか！」

ユーリフェルトが未来を語り、聞いたエファがそれを夢見る。

静かな書庫の中が、にわかに大盛り上がりになる。


本人は思い出したくもない、ユーリフェルトの**黒歴史**である。

その後、実際に戴冠した彼は、宮廷力学に長けた大臣たちに歯が立たず、軍部にも舐《な》められ、理想ばかり達者なお飾りの皇帝となった。

現実というものをこれでもかと思い知らされる羽目となった。

彼を見るエファの目も日に日に冷め、態度もぞんざいなもの（皇帝に対するというよりは、まるで幼馴染《おさななじみ》に対するような）となってしまった。

ともあれ、帝国における貴族の地位はそれほど高く、権限は大きいというエピソードだ。たとえ田舎の子爵風情であろうともその領内においては、商隊の一つや二つを闇から闇へと葬ったところで、お咎《とが》めなし。

その風聞が伝わって、商人らが全く寄り付かなくなって、回り回って彼の領地が困窮するという結末ならあり得る（ゆえにまともな貴族は、過度な横暴を働かない。自重する）。

しかし法的に裁かれることは、一切《いっさい》ないというわけだ。

さて、その田舎《いなか》子爵の話である。

「クソッ、商人風情《ふぜい》が舐めやがって！　オレはベベル子爵だぞっ」

ダッケロニの遠吠《とおぼ》えが談話室《サロン》に反響した。

貴族の権力を背景にグレンを脅迫したはいいが、凄《すさ》まじい暴力を背景にしたグレンに、逆に自由な商売を許可させられた直後のことだった。

愚かな田舎子爵は、怖《こわ》い怖いグレンが帰るや否《いな》や、早や威勢を取り戻していた。

領内では己《おのれ》こそが王だと信じる男の、さもしい虚勢だと自省する頭もなかった。

「クソッ、クソッ。コネヤックやブランデルならまだしも、バトランなんざ聞いたこともねえ雑魚《ざこ》商社の分際でっ！　クソッ、クソッ、クソッ！」

わめき散らしながら、調度品を手当たり次第に壁に投げつけるダッケロニ。

まるで幼児の如《ごと》く物に当たり続ける。

グレンにメチャクチャにされた応接室からせっかく移動してきたのに、今度は自らの手で室内をメチャクチャにしてしまう。

そして、いい加減投げるものもなくなったころ――出入り口の扉がノックされた。

「お客様がお見えになりました」

「通せ！」

顔を出した老家令に、横柄《おうへい》に命じる。

気位の高い譜代《ふだい》の騎士どもと違い、使用人たちは総じて事なかれ主義で、急に代替わりしたダッケロニにも従順なので、そのまま雇ってやっている。

待つことしばし、老家令が客人を案内してきた。

グレンが屋敷を出たすぐ後に、人を遣《や》って呼びつけた相手だ。

「これはこれは……また荒れておられますな、子爵閣下」

調度品が散乱する談話室内の惨状を見て、客人が肩を竦《すく》めた。

歳《とし》のころは三十手前。均整のとれた体付きの男である。

名はシンクレア。

職業はトルワブラウの騎士。

「よく来てくれた、駐在武官殿。またお願いがあるのだ」

ダッケロニはあたかも貫目を備えた領主の如く、尊大な態度で言った。

「子爵閣下の仰《おお》せとあれば、喜んで承りましょう」

トルワブラウの騎士は恭《うやうや》しい態度と笑顔で応答した。

それが作り笑顔だと見抜く貫目は、ダッケロニには備わっていなかった。


ダッケロニとシンクレアの関係は多少、複雑である。

昨年四月、このラマンサ地方はトルワブラウに侵略され、約一年間に亘《わた》ってベベル子爵家は領地を奪われた状態だった。

ラマンサがその間どういう有様だったか、先代子爵《ちちおや》でさえ把握できていなかった。

そもそもベベル家の者は一年の大半を帝都で過ごし、領地経営は代官たちに任せきり。ラマンサという土地自体に思い入れはなく、送られてくる税収以外に興味は薄かった。

その代官たちも逃げ足だけは速く、任地を放棄し、帝都へ逃げ帰っていた。

おかげで子爵家は自領であるにもかかわらず、ラマンサの状況を知る術《すべ》がなかったのである。しかも先代子爵《ちちおや》は「困った、困った」と愚痴るばかりで、何か手を打つ気概も能力も持っていなかった。「北部方面軍は何をまごまごしておるのだ。早く失地回復して欲しいものだ」と完全に人任せだった。

今年の四月に晴れて帝国軍がヴェールまでの領土を奪還してくれたおかげで、子爵家もまたラマンサを取り戻すことができた。早速、代官を派遣して、統治体制の再構築を命じた。自ら赴くほどの責任感や情熱はベベルの人間にはなかった。何より敵国から奪い返した直後の土地など、治安が悪くて寄り付くのも嫌だった。

それが大司教ホッグが乱を起こしたことで、情勢が変わった。帝都の方がよほど危険な場所となってしまった。やむなく子爵家総出でラマンサに避難することにした。

放蕩《ほうとう》息子だったダッケロニとしては、こんな田舎では遊ぶところもまともにないと、無聊《ぶりょう》をかこつ日々が始まった。

そこに接近してきたのが、このシンクレアである。

聞けば彼は駐在武官として、トルワブラウ軍がラマンサを実効支配していた間、占領部隊の指揮を執っていたのだという。

さらには帝国軍にラマンサを奪い返された後も、わずかな手勢とともに残って潜伏し、間諜《かんちょう》工作戦を仕掛ける機会を虎視眈々《こしたんたん》と狙《ねら》っていたのだと。

「もう未来《さき》のないハ・ルーンなど見限って、我がトルワブラウと誼《よし》みを結びませんか？」

シンクレアは明け透けな物言いをした。


もしダッケロニが少しでも政治に関心のある若者であれば、一笑に付していただろう。

トルワブラウ軍が連戦連勝していた時分ならばともかく、帝国軍が（ユーリフェルトの幻影魔法で）逆転し、ヴェールまで奪還を果たしたこの情勢下で、トルワブラウ人が「ハ・ルーンに未来がない」などと嘯《うそぶ》いたところで強がりにしか聞こえない。

しかし、愚かで不勉強なダッケロニには時流がわからない。

またシンクレアも、このベベル家嫡子《ちゃくし》がボンクラだと調査がついた上で、唆《そそのか》しに来ている。


知らぬ、気づかぬはダッケロニ一人。

「そう言うからには、オレに何か旨味《うまみ》のある話を持ってきたんだろうな？」

などと、考えなしにシンクレアの話に食いついた。

シンクレアも我が意を得たりと破顔一笑、

「友好の証に、手始めに貴殿の御父上を亡き者にしてご覧に入れましょうか？　貴殿にも我々にも有意義なことだと思いますが？」

などと、とんでもない提案をした。

しかしダッケロニにとっては願ってもない話。

「親父が死ねば、オレは明日にも子爵家当主だ！」

と喜色満面、シンクレアと握手をした。

トルワブラウ軍の工作部隊が本気を出せば、しかも身内《ダッケロニ》の手引きまであれば、実力のない田舎子爵一人を暗殺するくらいわけもなかった。

先代子爵が急逝《きゆうせい》した、これが真相だった。


シンクレアは、以後もなんでも力を貸す、呼べばすぐ駆《か》けつけると約束してくれた。

それから半月経《た》った今日、本当に来てくれた。

「オレに生意気口を叩《たた》いたバトラン商会に、目に物を見せてやる！」

だから力を貸せと、シンクレアに要請するダッケロニ。

「もちろん協力いたしますが、具体的には何を？」

「あいつらが泊まっている宿に夜襲をかけ、男は皆殺しにして女は奪う！　……いや、あの洒落臭《しやらくさ》い商会長はただ殺しただけでは、オレの腹の虫が収まらん。生け捕りにして散々痛めつけた後で、オレ自身の手でぶっ殺してやる!!」

あまりに生産性のない個人的復讐《ふくしゅう》を、ダッケロニはわめき散らす。

仮にも一領主の発言ではない。

しかもたかだか商隊を闇討《やみう》ちするのに、他国の力を借りねばならない情けなさ。

本来、このトナモロには子爵家譜代の騎士や兵らが五百人ほどいたが、今は半分以下にまで減っていた。騎士ら全員が新当主に対する侮りを隠さなかったため、まとめて解雇してやった結果、兵らにまで愛想《あいそ》を尽かされ、去られてしまったのだ。

残ったのは金に汚く倫理観が欠如した、ゴロツキまがいの連中だけ。まさに烏合《うごう》の衆。

バトランの商隊がどれだけ護衛を引き連れているか、いま調べさせているところだが、なんにせよ手持ちの兵だけでは安心できないのだ。

「なるほど、承知いたしました」

シンクレアは完璧《かんぺき》に心情を包み隠した笑顔で、恭しく了解した。

「我が国の兵をお貸ししましょう。指揮を執る騎士も用立ていたしましょう。ラマンサ各地に潜伏させている者たちを、今晩中に呼び集めます。貴殿の兵と合わせて五百にはなるでしょう」

「おお、駐在武官殿！　なんと心強い！」

ダッケロニはたちまち上機嫌となった。

グレンのせいで煮えくり返っていた腸《はらわた》が、ようやくスッキリした。

　愚かな彼はそれ以上、深く考えることはしない。

　先代子爵《ちちおや》暗殺の時といい、シンクレアがそこまで強力に手を貸してくれる一方で、なんの見返りも求めてこないおかしさに頓着できない。

　シンクレアの狙いはダッケロニに、トルワブラウの武力に依存させることであった。

　新領主の箍《たが》を外し、罪に罪を重ねさせることにあった。

　そして、情勢を鑑《かんが》みて最適のタイミングで、それらの罪を明るみにするぞと脅迫するのだ。売国利敵を強要するのだ。

　タダより恐ろしいものはない――麻薬の密売人と同じ理屈である。

　そうと知らぬはダッケロニばかり。

　今夜にも襲撃が実行され、生け捕りにされたグレンやステラが届くのを、待ちわびるばかり。

◆

　トナモロには同名の川が東西に走っており、水源となっている。

　川は町の西寄り部分で二つに分岐し、三百メートルほどで合流し、都市内に中州を作る。

　グレンらが泊まる「紺碧島《こんぺきとう》」亭は、その中州に建つトナモロ最大の宿であった。

想定客は、一族郎党を引き連れて観光・避寒に訪れるような貴族たちで、宿はちょっとした城のような造りになっている。彼らが貸し切りにすることで、あたかも自分の居城の如く使用できる設計というわけだ。

また中州全体が宿の敷地で、ハ・ルーン人好みの庭園様式に緑化されている。

今――その庭園が、物々しい気配を孕《はら》んでいた。

バトラン商会を狙う襲撃者たちが、夜闇に紛れて侵入していた。

シンクレアが率いるトルワブラウ兵三百と、ダッケロニから預かったラマンサ兵二百である。

声を潜め、足音を忍ばせ、ランタンに蓋《ふた》をし月光を頼りに、慎重に宿を目指す。

シンクレアが昼間のうちに調べさせたところ、バトラン商会が帯同している傭兵《ようへい》の数は百人程度だとか。

五倍の兵力を有するこちらが負ける理由がないが、さりとて被害は少ない方がいい。どうせ宿へ踏み込めば大騒ぎになるとしても、ぎりぎりまでは気取らせないようにしたい。

その点、ラマンサ兵は練度が低く、シンクレアとしては何度も舌打ちを堪《こら》える羽目となった。ならず者と大差ないような連中で、奇襲作戦中だというのに私語が目立った。

実戦慣れしたトルワブラウ兵たちとは大違いである。

ただし、いま率いている三百人は正規兵で（つまり工作員としての訓練は受けておらず）、鉄帽の上から獣の毛皮を被《かぶ》るという北国伝統の戦装束《いくさしょうぞく》を捨てられないでいる。

兵らはこの因習を守ることで、狩った獣の強さや闘志が己の裡《うち》に宿ると信じているし、シンクレアも「脱いでハ・ルーン人のふりをしろ」だなどと気軽に命じることはできない。兵らの士気に関わることをシンクレアは知り抜いている。

（代わりに目撃者をなくす努力をすればいい）

夜の帳《とばり》があるうちに襲撃を貫徹し、宿の中にいる者たちはバトラン関係者か否かにかかわらず皆殺しにする。

非情だが、シンクレアはそう考えていた。


小城の如き外観を持つ建物を、月明かりで目視できる距離まで近づいた。

さすが高級宿だけあって、玄関の左右には皓々《こうこう》と篝火《かがりび》が焚《た》かれ、灯《あか》りとなっていた。

シンクレアはそこから麾下《きか》総員を突入させようとする。

中州と町を繋《つな》ぐ橋は一つきりであり、別動隊に封鎖させている。いちいち宿を包囲し、兵力を分散させなくとも、標的たちに逃げられる心配はない。

「よし、突入――」

開始と先鋒《せんぽう》隊に命じようとして、しかしシンクレアはできなかった。

全くの不意。

出鼻を挫《くじ》くように、何者かの大声が夜天に響き渡ったからだ。

「そこを動くな、ボンクラ子爵の手下どもッ！」

という制止に続き、その何者かの呵々大笑《かかたいしょう》が上から降り注《そそ》いでくる。

シンクレアが咄嗟《とっさ》に見上げれば、宿四階のバルコニーに松明《たいまつ》を掲げた初老の男が現れる。

隻眼《せきがん》の、恐らくは立場のある傭兵だ。

眼帯に覆われていない方の目で、こちらを鋭く睥睨《へいげい》する。

「ボンクラ子爵がさもしくも意趣返しに来ることなど、我らが商会長殿はお見通しだ！　短慮とはまさにこのこと、貴様らも一人前の戦士なら、大人げのない命令に従って恥ずかしくないのか？　指を差されて笑われたくなければ、今すぐ帰っておねんねすることだ！　それかボンクラ子爵を諫止《かんし》してやるといい！」

と、こちらを嘲弄《ちょうろう》してくる隻眼の傭兵。

よく徹《とお》る声と神経を逆撫《さかな》でする口調だ。

日頃から部下の指揮号令や叱咤《しった》激励に慣れているのだろう、それだけで歴戦を彷彿《ほうふつ》させる。

「今ならまだ見逃してやると商会長の仰せだ！　しかし襲ってくるなら、容赦《ようしゃ》はできんともな！　よく考えろ！　貴様ら自身の命が、ボンクラ子爵のために捨てても惜しくないほど安いものか否か、オレには自明のように思えるがな！」

「――と申しておりますが、如何《いかが》いたしましょう、シンクレア卿？」

副長格の騎士が、緊張を孕んだ声音で意見を仰《あお》いでくる。

兵たちも動揺していた。夜襲が露見していたことに驚き、浮足立っていた。

だからこそシンクレアは彼らの模範となるべく、冷静な口調でありながらも力強い声で周囲に命じる。

「矢だ。あのジジイのよく動く口を縫い付けてやれ」

聞いて兵たちがハッとなり、落ち着きを取り戻していった。

夜間に一人で松明を持った男など、いい的にすぎない――彼らもそのことを思い出し、意気揚々《ようよう》と弓に矢を番《つが》え、四階バルコニーへと狙いを定める。

また逆に、シンクレアが特に命じずとも、兵たちは次々とランタンの蓋を開ける。闇討ちの必要がなくなった以上、灯りの確保が優先だと理解している。

さらには油壺《あぶらつぼ》と火口箱を用意し、火矢の準備を始める者たちも。

未《いま》だ狼狽《ろうばい》から立ち直れないラマンサのゴロツキ兵どもと違い、さすがトルワブラウの正規兵たちは踏んできた場数が違う。シンクレアも頼もしく思う。

「射《て》ッ――」

剣を抜き、指揮杖《しきじょう》代わりに掲げると、勇壮に号令。

北国兵らが整然と従い、百を超える矢が一斉に夜空を裂いて、バルコニーへと降り注いだ。

その隻眼の傭兵は、名をシュバルツといった。

バトラン商会お抱えの傭兵どもを束《たば》ねる隊長だ。

どんな荒くれも従わせる風格と、それに見合った実力がある。

セイやナーニャの信頼も厚く、一番の高給取り。

かつては大国に仕えた騎士だったという噂《うわさ》が絶えない男だが、本人は否定も肯定もしない。

そのシュバルツが、己へ向けて飛来する無数の矢を見て――

「こりゃいかんっ」

と慌《あわ》ててケツをまくった。欄干《らんかん》の陰に身を隠した。

とはいえ戦闘目的で備えられる胸壁と違い、装飾目的の欄干はあちこちに隙間《すきま》があり、盾《たて》として心許《こころもと》ない。

松明を手放し、匍匐《ほふく》前進で続きの間へと退却する。

襲撃者を相手に啖呵《たんか》を切っていた姿から一転、なんとも情けない格好だが、傭兵たるシュバルツにとっては見栄などより自分の命が何より大事。躊躇《ちゅうちょ》なし。

「ど、どうだった?」

と部屋の中で待機していたナーニャと合流する。

お嬢はシュバルツの格好を真似《まね》して、絨毯《じゅうたん》にべったりと伏せていた。部屋の奥までは矢は届かないし、必要もないのだが、実戦経験のない少女が判断できるはずもない。笑っては失礼、むしろその用心深さにシュバルツは感心する。

同時に雇い主へ報告。

「田舎子爵が飼ってるゴロツキどもなんざ、ちょっと脅《おど》しつけてやれば、泣いて逃げ帰ると思ってたんですがね。連中、無言で矢を射てきました」

「手練れってこと⁉」

「ですね。暗がりではっきり見えたわけじゃありやせんが、ありゃトルワブラウ兵だ」

「なんでこんなところにいるのよ⁉」

「紛争地帯《こんなところ》の付近だからですよ。ボンクラ子爵が敵国と内通してるってことです、お嬢」

「ハァ～？　許せな～」

「戦時中じゃ、よくある話ですぜ」

伏せたまま地団駄を踏むという器用な真似をするナーニャに、シュバルツは苦笑いする。

温泉街なのに自前の温泉を持たないこの「紺碧島」亭に、宿をとると言い出したのは「セイ」であった。

本当は泉質トナモロ一番と評判の人気宿を押さえており、ナーニャとステラと宿泊予定。

シュバルツら傭兵や商隊の社員たちは、普通の宿にわかれて泊まる手筈《てはず》だった。

ところが、

「状況が変わりました。ベベル子爵が意趣返しを企《たくら》む可能性があります。万全を期すため、なるべく皆で固まって宿泊しましょう」

と、いきなり「セイ」が言い出した。

彼自身で調べて、この「紺碧島」亭なら全員で宿泊できるし守りも易《やす》いと、決めてしまった。

「兄さんがあんだけ脅しつけたのに、ボンボンの子爵サマにそんな根性あるかなあ？」

とナーニャは不服げだった。

温泉街で温泉に浸かれない、不満タラタラだった。

「申し訳ありません。私は臆病ですので、万が一の事態にも備えずにいられないのです」

と「セイ」を自称する男が「妹」に平謝りしていた。

一方、シュバルツだ。「セイ」がベベル子爵とどんな挨拶《あいさつ》をしてきたのか、見てないなりに察するところがあって、口添えした。

「安全なところから他人をけしかけてケンカできる立場の奴《やつ》ってナア、時に信じられないような蛮行に出るし、愚挙を犯すもんですぜ、お嬢」

「う～ん……シュバルツさんまでそう言うなら、わかった。その道のプロの判断に任せる」

ナーニャも不承不承、うなずいた。

そして結局、「セイ」の懸念はピタリ的中。

シュバルツら傭兵たちが交代で宿の周囲を警戒していたため、襲撃を察知できたという経緯だった。

今ごろ階下では全員が叩き起こされ、迎撃態勢を整えているだろう。

「で、実際のとこどうなのよ？　追い払えそう？」

絨毯にべったり伏せたまま、ナーニャが訊《たず》ねてきた。

「ウチの連中もまあ手練れですがね。ざっと見、あっちの数がこっちの五倍ほどいやした」

シュバルツは難しい顔になって答えた。

敵兵の数を目算で測るのはかなり難しい技術で、経験が必要だ。しかも闇夜のことにもかかわらず、この古強者《ふるつわもの》の見立ては正確を極めていた。

「ピンチってこと⁉」

ナーニャが覿面《てきめん》に蒼褪《あおざ》める。

シュバルツは修羅場という修羅場をくぐり抜けてきた男にのみ可能な、勇敢というよりはいっそ恬淡《てんたん》とした態度で、

「本来なら降参をオススメしますがね。ま、いっちょ信じてみましょうや」

「わ、わかった……」

誰を、とはシュバルツは言わなかった。

誰を、とはナーニャも聞かなかった。

◆

「傭兵風情がやってくれる……」

シンクレアは歯嚙《はが》みした。

隻眼の傭兵がバルコニー奥へ退避した後、入れ替わるように宿から矢の雨が降ってきた。

それもこちらに対する的確な応射だ。

バトランの傭兵どもは各階各所の窓に塩梅よく陣取り、互いに射線をカバーし合いながら、密度の高い弓射を続けている。

「バトラン商会とやら、これほどの古参兵を抱えるとは、よほど大枚をはたいているらしい」

敵ながら天晴《あっぱれ》とシンクレアは舌を巻く。

おかげで兵らに、容易に突入命令を出せないでいた。

無論、数に任せて矢の雨の中をゴリ押しし、犠牲者を出しながらも建物内へ乱入することは可能だろう。

しかし、ボンクラ子爵のワガママを叶えてやるだけの大義の乏しい作戦で、貴重な兵たちに死んでこいとは言えない。

だから宿を遠巻きにしたまま消極的な矢戦を続けることで、部下の損耗を抑える。

ラマンサ兵ならいくら使い潰《つぶ》しても問題ないのだが、このゴロツキどもに先に行けと命じたところで、それに従う忠義も勇気も持ち合わせてはいないだろう。

「火矢の準備を急がせろ」

仕方なくシンクレアは、そう命じる以外なかった。

宿とはいえ小城めいた建物だ。一棟、火矢で炎上させるには時間がかかる。

だがこの方策なら確実に勝てる。

傭兵どもがどれだけベテラン揃《ぞろ》いだろうが、立て籠《こ》もっている宿自体が火事になってしまえば、堪《たま》らず外へ逃げ出すしかない。

トルワブラウ兵たちが庭のあちこちで地面を掘って、油溜《だ》まりを作るのを待つ。まず大きな火元を用意しなければ、潤沢に火矢を放つことはできないのだ。

できるまでシンクレアは堂々と督戦する。

内心はどうあれ、指揮官が焦《あせ》りを見せるようでは兵たちが浮足立つ。

と——

宿から放たれる無数の応射に交じって、三階の窓から何者かが跳び出した。

どんな跳躍力をしているのか！

人間一人がまさしく矢の如き勢いで、真《ま》っ直《す》ぐにこちらへ飛来してくるではないか。

「撃ち落とせ！」

シンクレアはすぐさま命じた。

兵らも既に狙いを絞っていた。飛来する男へ向けて矢を射放った。

こうなれば空中にいる男に回避する術はない。

果敢な単騎突撃ではなく、ただ無謀な猪突《ちょとつ》猛進だ。

愚かな男が矢を浴びて、針山のような姿になる様をシンクレアは想像した。


しかし、そうはならなかった。


シンクレアは知らなかったが、黒鳥の如く夜天を翔《か》けるこの男は無論、グレンである。

いつも一本に括《くく》っている髪をほどき、既に戦闘モードに入っていた。

グレンが宙で身を翻《ひるがえ》すと、長い長いその髪もざんばらに広がる。

そして、隅々にまで火氣《リム》が行き渡ったその髪で、己に迫る矢の全てを巻き取った！

「なんと！」

「そんな馬鹿《ばか》なことがあるかよ⁉」

目を疑うような光景に、トルワブラウ兵たちに動揺が走る。

シンクレアもまた目を瞠《みは》っていた。

実は彼もオルミッド流を修めた一流の剣士であり、今のが〝氣《ウイタエ》〟による仕業《しわざ》だとは見抜いていたが、それでも人間業とは思えなかった。


結果、グレンは矢による迎撃を物ともせず、襲撃者ひしめく庭にまんまと降り立つ。

宿からとんでもない距離を一足飛びに、三階の高さから音もなく着地する。

「こ、こいつ……！」

「囲んで切り刻んでやれ！」

「構うこたあねえ！」

それを見た襲撃者らが、たちまちグレンに躍りかかってくる。

もちろん黙ってやられるグレンではない。

息吹《いぶき》一呼、走る。迫る白刃を避ける。包囲をすり抜ける。

これを一瞬でまとめて行う。

さらには五百人からが密集するその中を、まるで無人の野の如く縦横に駆け回るグレン。

時に蜘蛛《くも》の如く姿勢を低くして人と人の間を掻《か》い潜り、時に軽業師《かるわざし》の如く敵兵の頭上を跳び越えて宙返りを打つ。

こうなると場に五百人がいても、ほとんどは遊兵となるばかりで、グレンただ一人を――否、たった一人だからこそ――捕まえきれない。

まさしく飄々《ひょうひょう》と吹き抜けていく、風をつかむような話だ。

その間にもグレンは剣を振るい続ける。

全身に火氣《リム》を漲《みなぎ》らせ、刀身で撫《な》でてやるだけで、襲撃者たちの腕が落ち、首が飛ぶ。

「どこだ⁉　あいつ、どこ行った⁉」

「全然わかんねえよ！　見つからねえよ！」

「こ、こっちに来たぞおおおおっ」

「いや、こっちだ⁉」

「ギャアアアアアアアアアアア」

平素であれば静寂と夜気に包まれていたはずの庭園が、血風と阿鼻叫喚《あびきょうかん》の巷《ちまた》と化した。

精兵も含んだ五百人が、グレンただ一人に蹂躙《じゅうりん》されていく。

「〝一騎当千《ザッフモラー》の化物〟だ！」

と、そこかしこで北国の兵が、畏怖に染まった声で叫ぶ。

錯乱するトルワブラウ兵と、輪をかけて錯乱するラマンサ兵。

そのただ中に――異質な気配を五つ、グレンは感じ取った。

練り上げられた〝氣《ウイタエ》〟だ。

雑兵どもの中に、一廉《ひとかど》以上のオルミッド流の剣士が五人、交ざっている。

(これは一層の注意が必要ですね)

敵兵ひしめく中で、グレンは足を止めた。

〈麒麟《きりん》〉の構えをとり、充分に高まっていた火氣《リム》を士氣《モルト》へ転じた。

「「そこかあ!」」

すかさず左右のラマンサ兵が斬りかかってくる。

だがグレンは眉《まゆ》一つ動かさず、体を沈めるように姿勢を低くし、その挟撃を回避。

逆に左右のラマンサ兵は勢い余り、同士討ちをする始末。

「素手ではなく武器を使う場合、一人を囲むのは意外と訓練がいるのですよ」

忠告を残して、グレンはまた風の如くその場から消える。

ところがである。

先ほどの五つの氣配《い》が、遅れることなく追跡してくる。

グレンと同じく混戦の最中を平野の如く走ることが可能な、体術の持ち主だということだ。

そして、まるでこの場に自分たちしか存在しないかのように、五対一の戦いが始まる――

「ハ・ルーンもなかなか広いな、〝ザッフモラー〟!」

「カイト家の将軍以外にも、まだ貴様のような化物がいるとはな!」

オルミッド流の剣士二人がついに追い付き、姿を現し、左右から斬りかかってくる。

直前の無様なラマンサ兵とは大違いの、見事に息の合った挟撃だ。

(私がそのカイト家の将軍なんですけどね)

グレンは苦笑を漏《も》らしながら、左右からの攻撃を回避するため上に逃げる。

眼前にいた、独活《うど》の大木《たいぼく》の風《ふう》があるラマンサ兵の肩を借り、蹴《け》り上がってジャンプ。

地上十メートルに届こうかという大跳躍だ。

ついでではないが、流れるように宙で〈貔貅《ひきゆう》〉の構えをとり、土氣《モルト》を金氣《ジン》に転じるグレン。

「逃すか!」

だが二人の剣士もまた然《さ》る者、同じ高度まで跳び上がってくる。

にわかに空中戦が始まる。

「もらった!」

二人の剣士は必殺を確信した様子だった。

身動きのほとんどとれない空中で挟撃すれば、仮にどちらか片方を受け止められても、もう片方の剣で仕留められるという算段なのだろう。

だがグレンはやはり眉一つ動かさず、首だけを振る。

それで長い長い髪が蛇のように伸びると、剣士の片方の首に巻きつく。

そのまま頸動脈《けいどうみやく》を絞めて殺す。

同時にグレンは己の体を振り子の如く用い、空中にもかかわらず大きく転身。残る一人が予想もできない方向から奇襲を仕掛け、難なく討ち取る。

むしろ身動きがとれなくなったのは彼ら二人の方だけだと、冥途《めいど》の土産《みやげ》に思い知っただろう。

（これで後三人――）

また音もなく着地するグレン。

そこへ三人目の剣士が躍りかかってくる。

グレンが纏《まと》うが金氣《ジン》だと感じ取り、相性で勝る火氣《リム》運用の突撃剣技、〈火竜《かりよう》〉を見舞う。

狙いはいい。

だがそれでもグレンの氣力が上回っていた。

相性で劣るはずの返し技〈蟠龍《ばんりゆう》〉を躊躇なく放ち、三人目の剣もろともに肋骨《ろっこつ》を粉砕する。

同じ門派を修めた剣士でも、格の違いを見せつける。

続く四人目の敵手は、さらに未熟だった。

不意討ちのつもりだろう。ラマンサ兵をブラインドに使い、その男の背中から剣の切っ先を突き込み、腹を貫通させ、グレン諸共に刺突を喰《く》らわせようとしてくる。

グレン視点ではあたかも眼前の敵兵のみぞおちから、いきなり刀身が生えてきた格好だ。

ただしあくまで、尋常の視覚だけを用いて見れば、そう見えるということ。

グレンは五感以外に存在する〝何か〟を使い、また研ぎ澄ますことで、四人目の氣の動きそのものを精密に捉《とら》えている。

ゆえに、いくら相手が目眩《めくら》ましを弄《ろう》しようとも丸わかり。

逆にこの四人目は、その〝何か〟を会得していないのだろう。世界の見え方が、グレンとは根底から違うのだろう。だからこそこんなちゃちな芸当が通用すると思っているのだろう。

迫る刺突に対しグレンは、その刀身の腹へ裏拳を当てることでへし折り、冷静に処理。

間髪入れず、今度はこちらがラマンサ兵をブラインドに使い、四人目と諸共に串刺しにする。

憐《あわ》れなのは間に挟まれた男だが、容赦はしない。襲撃者たちだとてシュバルツの口から警告を聞いたはずだ。

（私は臆病ですからね）

戦場で手心を加える余裕風など持ち合わせていないのだ。

五百人の敵兵に囲まれた状態で、一廉以上の実力を持つ同門剣士四人を、瞬く間に斬殺したグレンは、表情一つ変えずに〈霊亀《れいき》〉の構えへと入り、五人目を迎え撃つ。

「貴様！　それほどの強さを持ちながら、なぜ軍にいない⁉　なぜ傭兵に身を窶《やつ》す⁉」

目を血走らせて打ちかかってくる、五人目の剣士。

グレンは名を知らなかったが、シンクレアであった。

だがその実力のほどは一見しただけで知れる。

全身に充溢《じゅういつ》する〝氣《ウイタエ》〟は質、量ともに、既に斬り伏せた四人とは次元が違う。

オルミッド流の門弟でも、まず達人と呼んで差し支えない領域にある。

「答えろぉッ！」

その凄まじき使い手が、〈貔貅〉の構えから放つ突進技、〈白虎〉とともに問い詰めてくる。

練りに練り上げられた金氣《ジン》が、構えた剣の切っ先の先まで漲っている。

どうやらグレンのことを、傭兵だと勘違いしているらしい（実際、誰が彼を一介の商人だと思うだろう！）。

グレンは涼やかに答えた。

「なぜかと聞かれれば――平穏な暮らしをしたいから、ですかね」

同時に、すれ違いざまにシンクレアを斬った。

練達の突進剣技をものともせず、翻身《ほんしん》してかわす動作で剣を巻き、首を刎《は》ね飛ばした。

淀《よど》みなく流れるような水氣《ワーダ》運用のその技は、〈応竜〉という。

シンクレアの死を目《ま》の当たりにしたトルワブラウ兵らは、一様に降参を叫んだ。

ラマンサ兵らはとっくに戦意喪失しており、一斉に武器を捨てた。

逃げ出そうとする者さえいなかった。逃げても無意味だと思わせるほど、死神《グレン》が彼らに与えた恐怖は凄まじかった。

「全員、ふん縛っておけばいいですかい、『セイ』の旦那？」

「お願いします、シュバルツさん」

部下たちを引きつれ、宿から出てきた隻眼の傭兵隊長に、グレンは丁重に頼む。

「なるべくお手柔らかに、捕虜の虐待《ぎゃくたい》は絶対に避けてください」

「ははっ！　五百人からの夜襲を受けて、危うく皆殺しにされかけたのに、お優しいですな」

「もう充分、斬りましたし、彼らも懲《こ》り懲《ご》りでしょう。第一、こんな程度のことで、いちいち大騒ぎするのも疲れますから」

グレンは長い髪を後ろで一本に纏めながら、苦笑いする。

シュバルツは何か恐ろしいモノでも見たかのように、首を竦める。

それから隻眼の傭兵隊長は部下を指揮し、投降兵たちを拘束していった。

さすがに手際《てぎわ》が良く、グレンも満足と感心をした。

速やかに周囲の安全が確保され、それでナーニャも顔を出す。

「ダッケロニの奴には、このオトシマエをつけてもらわないとね！」

と彼女は鼻息が荒い。

グレンも同意した。確かに首謀者であろう男を、放置するわけにはいかない。

シュバルツ以下、特に腕の立つ十人を連れて、子爵家の屋敷へと向かう。

逆夜襲だ。気配を殺し、馬も使わない。ナーニャはグレンが抱えて走る。

「ただ、あまり過激な報復は感心しませんよ？」

腕の中の少女にグレンは言った。

捕縛して帝都へ護送し、後の沙汰《さた》は刑部省に委《ゆだ》ねる——それくらいで充分ではないかと。

「もちろん、あたしらは商人だし、意味もなく暴力を振るったりなんかしない。でもね、商人には商人なりの、オトシマエのつけ方ってもんがあるわけ」

自身や大事な社員たちの命を狙われ、ナーニャはひどく怒っていた。

だがその割に口調は冷静で、グレンも安心して見ていられた。

屋敷へ到着。

愚かなダッケロニは、己らの勝利と夜襲の成功を疑っていなかったらしい。

早や祝杯ムードで、こんな夜更《よふ》けに取り巻きどもと宴会していた。

そこへグレンらが踏み込むと、腰を抜かして震え上がった。

「お、オレじゃない！　オレが命じたわけじゃない！」

開口一番、見苦しい弁明を始めるダッケロニ。

「ハァ？　子爵《アンタ》の命令じゃなかったら、なんでラマンサ兵が動くわけ？　下らない嘘《うそ》をついたら、それだけアンタの罪が増すって自覚ある？」

ナーニャは恐い顔になって、ぴしゃりと言う。

グレンはシュバルツらとともにボンクラ子爵の子分どもを取り押さえながら、交渉役は彼女に一任する。

「わかるでしょ？　あたしらはアンタに、きっちりオトシマエをつけてもらいに来たわけ」

「た、頼む！　許してくれ！」

「ハァ？　許すわけないでしょ？」

「か、金ならやる！　売ればいい値になる骨董品《こっとうひん》も蔵にあるはずだ！　いくらでも持ってけ！」

「ハァ？　あたしら強盗じゃないんですけどぉ？」

「じゃあ、なんだって言うんだよ⁉　た、頼むからっ、命だけは助けてくれ！」

「そっちは皆殺しにしようとしたくせに図々しい！」

平伏して命乞いを始めるダッケロニに、ナーニャが憤慨して罵《ののし》った。

「つーかさ、あんだけの真似しといて、命だけで済むと思ってんの？　楽には殺さないよ？」

「ヒィイイイ……」

ナーニャが心にもない脅し文句を口にすると、ダッケロニは洟《はな》まみれになって怯《おび》える。

「そ、そこを、どうか頼む！　いや、お願いします！　お願いしますからぁ……ひどいことはしないでぇ……」

額《ひたい》を絨毯に擦《こす》りつけたダッケロニが、とうとう泣きじゃくって懇願する。

散々に脅しつけて、ナーニャも頃合《ころあ》いだと見たのだろう。

杯《さかずき》や酒壺《さかつぼ》の並ぶテーブルの上を乱暴に片付け、持ってきた紙とペン、インクを広げる。

「ウチがラマンサで自由に商売できるよう、一筆ヨロ。あと百年間無税って。書いてくれたら、官憲に引き渡すだけで勘弁してあげる」

「しょ、商売はともかく無税だと⁉　しかも逮捕されたら結局、オレはおしまいだ！」

「嫌なら今この場で拷問にかけるけど？」

「か、書けばいいんだろ書けば！」

ダッケロニはヤケクソになってペンを執った。

しかし、小娘の言いなりに不利な契約書を認《したた》めさせられるのは、よほどに悔《くや》しいのだろう。

ヒックヒックとしゃくり上げながら手を動かす。

そして完成した契約書を、ナーニャはダッケロニからふんだくると、

「じゃっ、そういうことでよろしく！」

いつもの潑溂《はつらつ》とした笑顔になった。

一方、ダッケロニは縛られる間もずっと項垂《うなだ》れ、悔し涙を流していた。

そのボンクラ子爵をシュバルツが縄で引っ立てながら、

「さすがはお嬢、良い取引をしましたな」

「無税の強要はさすがにやりすぎのような……」

五百対一の戦いでさえ涼しげにこなしたグレンが、思わず冷や汗を垂らす。

シュバルツと傭兵たちが、ダッケロニと子分たちを連行していく様を、ナーニャと隣り合い、見送りながら考える。

命乞いをする相手に乱暴を働くよりは、確かに遥《はる》かに平和的だ。

しかし、だいぶ強盗に近いやり口なのではないだろうか？　ナーニャは違うと否定していたが……。

「本当にこれが商人流の、『オトシマエ』のつけ方なのでしょうか？」

「もっちろん！」

ナーニャが力強く、且《か》つ快活に断言した。

「税を負けてもらえたらその分、ウチも商品の値段を抑えられるでしょう？」

納税しない分を全部、自分たちの懐《ふところ》に収めることもできるが、それはしないと言う。

グレンも少し考え、納得する。

「……そういう話でしたら、物不足で困窮しているラマンサ市民も大助かりですね」

品が安くなった分、市民はたくさん買える。いま不足している分を、無理せず補充できる。

彼らは不安定な政情の被害者だ。本来、救済されて然《しか》るべき人たちだ。

一方、ベベル子爵家は本来の義務である、領民の保護を怠ってきた。

ナーニャはいわばそのツケを強制的に、ダッケロニに支払わせたにすぎない。ラマンサという土地に還元したにすぎない。決して強盗などではない。

無論、物がたくさん売れれば、バトラン商会の懐も温まるわけで。無税になった分を着服するなどと、ケチケチしたことは言わなくていいわけで。

「これぞ売り手良し、買い手良し、世間良し——ってね！」

「なるほど、確かに素晴らしい取引です」

グレンは大いに感心——否、敬服した。

さすがセイが見込むだけあって、

「ナーニャさんは優れた商才をお持ちですね」

「え、あたし？」

グレンは決して世辞ではなく、心からの賛辞を贈ったのだが、当の本人はきょとんとなる。

「そうでしょう？　ナーニャさんの発案《オトシマエ》で、ラマンサの人々と共栄の商売ができるのですから」

「アッハ、違う違う。それを言うなら、グレンさんの『商才』だよ」

「は、私ですか？」

ナーニャの唐突な台詞《せりふ》に、今度はグレンがきょとんとさせられた。

「言ったでしょ？　商売は綺麗事《きれいごと》じゃないの。お上とどうつき合い、どう利用するかも、商売の本質の一つなの」

「ええ……」

セイが商会長の座を継いだ後、如何《いか》に苦しめられたか。なのに決して愚痴るだけに終わらず、現実問題として真摯《しんし》に受け止めていたか。昨日、聞かされたばかりだった。

ナーニャは語る。

「もしグレンさんがいなかったら、今ごろはステラ姐《ねえ》さんをあのボンクラに献上するか、五百人に攻められて降参するか、どっちにしても泣き寝入りだったよ。『クソ兄貴』だったらもうちょっと上手《うま》く立ち回ったと思うけど、それでもきっと無税でオッケーなんて条件は引き出すことはできなかったよ。わかる？　グレンさんの言う皆が幸せになれる商売は、グレンさんがいてくれたからこそできるんだよ？」

「それが私の『商才』ですか？　『武力』の間違いでは？」

説明されてもグレンとしては正直、納得がいかない。

「はい、それが綺麗事～。グレンさんの世間知らず～」

ナーニャに無邪気に笑われて、果たしてからかわれているのか否か、判断がつきかねる。

ただそれが、「話はこれでおしまい」という彼女のサインなのは理解した。

「じゃあ、あたしらも帰ろっか」

「そうですね。ステラさんも待っています」

「あたしもう眠くて眠くて！」

言ってる傍《そば》から、ナーニャが可愛《かわい》らしいあくびをした。

既に深夜を回っているし、ずっと寝ていなかったのだろう。

「では、シュバルツさんたちには失礼して、私たちは一足お先に帰りましょう」

言ってグレンはナーニャを、お姫様のように抱え上げる。

「ちょっ、そんなに急がなくていいってば。自分の足で歩けるってばっ」

「まあまあ、きっとステラさんもヤキモキして待ってますしね」

「だ、だからって、恥ずかしいってば！」

「行きでは何も言わなかったじゃないですか」

「あ、あの時は緊急事態だったでしょ！　素面《しらふ》だと照れ臭いの！」

「では昼間みたいに、脇に抱えて運びましょうか？」

「それはそれで嫌あ……」

ステラと二人、荷物みたいに運ばれた記憶を思い出してか、情けない顔になるナーニャ。

もう抗議を諦《あきら》めた彼女を抱え、グレンは夜の街を風の如くひとっ走りした。

第六章 そして舞台は整った

「ベベル子爵がトルワブラウと内通してたって？　まぢで？」

皇帝専用の執務室で、セイは目を丸くした。

「はい。ラマンサからの早馬が、先ほど到着いたしまして」

報告に現れた民政局の役人たちが、二人揃《そろ》って沈痛な顔で首肯する。

また、現地のナーニャが送ってきた詳細を読み上げる。

彼らにとっては寝耳に水の事態なのだろう、声の震えが物語っていた。

（まあ俺的《おれてき》にはね、こんな情勢だしね、帝国北部を調べりゃあ、フトドキな貴族の一人や二人はいるだろって予測してたけどね。だからってなあ……）

セイとて決して全知全能でも千里眼でもない。だから、

「ハァ～、まさかラマンサがビンゴとはなあ。さすがにびっくりだわ」

芝居ではなく嘆息《たんそく》する。

そんなセイは現在、執務の合間の休憩中だった。

暦は七月十八日（ヴェールが再びトルワブラウの手に渡る九日前）。

午前の書類仕事を早く片付け、昼食も素早く摂り、聖天使ちゃんことドワーフのチタと遊ぶ時間を作っていた。

今日は午後の会議もないので、たっぷり三時間は構ってやれる。

チタちゃんは白髪に金色《こんじき》の瞳《ひとみ》という神秘的な風貌《ふうぼう》をしているだけでなく、大変に愛くるしい幼女で、セイは目に入れても痛くないほど可愛《かわい》がっている。

本日など彼女の要望で、「お医者さんごっこ」に興じている。

それもけっこうエッチなやつだ。

代々の皇帝が愛用していたという、年代物且《か》つ骨董《こっとう》的価値の高い執務机。

その上にセイは全裸で横たわっていた。

傍《かたわ》らにはチタちゃんがいて、学術的且つ稀覯《きこう》的価値の高い医術書と首っ引きになっている。

そして、書物に描かれた図面を参考に、「……ここが腎臓……ここが肝臓」とセイの素肌に直接ペンとインクで書き込んでいく。臓器の該当箇所・範囲を線で囲み、名称を記す。

チタちゃん本人は至って真剣。

だが傍《はた》から見ると、全裸の男の体に幼女が落書きする様はインモラル極まりなかった。

実は室内には先ほどからミレニアもいるのだが、完全に他人のふりだ。我関せずだ。秘書官用の事務机で書類仕事に専念している。

本当は由々《ゆゆ》しく思っているのだろうが、「チタちゃんの希望だから。知育のためだから」と説得すると、反対はしなかった。

なんだかんだミレニアも、チタのことを目に入れても痛くないほど可愛がっていた。


そういうわけで、セイはチタと「お医者さんごっこ」を続けながら報告を聞く。

「ではベル子爵は、『バトラン商会のセイ』が縛って捕まえておるのだな？」

などなど適宜《てきぎ》、質問を挟む。

すっぽんぽんのまま。幼女に体へ落書きされながら。キリッとした顔で。

「は、はい、陛下っ。他《ほか》にも投降した子爵の兵やトルワブラウ兵も、監禁してバトラン商会の傭兵《ようへい》たちが管理しているとのことです」

答えたのは役人の片方、老け顔の青年レドリクだった。

かつてはユーリフェルトの学友だったという謹厳実直な男で、だからこそ変態行為「お医者さんごっこ」を平然と続けるセイに、戸惑いを禁じ得ない様子だった。

何度も助けを求めるように秘書官の方を見ては、「私は無関係です」とばかりのミレニアに頑として無視されていた。

「ふむ……それはバトラン商会に苦労をかけるな」

「は、はい、陛下っ。傭兵といってもそう多くは帯同していないでしょうし、数百人の捕虜を監督するのは骨でしょう」

「そもそも民間に、帝国貴族の恥を尻拭《しりぬぐ》いさせるのも筋ではないことだしな」

「は、はい、陛下っ。さらに何より子爵の私兵はトナモロ以外にも、領内各地で合わせて千人ほどおります。その者らが賢明にも帝国にまつろえば良し。ですが畏《おそ》れ多くも反旗を翻《ひるがえ》す懸念が拭えません」

「その場合は明らかに商会の手に余る、か……。あい、わかった。余が対策を案じよう」

セイは力強く請け負った。

すっぽんぽんのまま。幼女に体へ落書きされながら。キリッとした顔で。

かと思えばチタが医術書と首っ引きで、「……ここが陰茎。……ここが睾丸《こうがん》」とデリケートな部分をペンで丸で囲み、敏感な部分に直接名称を書き込んだため、セイは思わず「あっ♥そこはダメっ♥♥♥」と喘《あえ》ぎ声を漏《も》らした。

いくらレドリクが忠義の一切《いっさい》を捧げた相手とはいえ、男の嬌声《きょうせい》など聞きたくなかっただろう。

「秘書官殿っ」

「私は無関係です!!」

とうとう声に出して助けを求めたレドリクに、ミレニアは全力で知らぬ存ぜぬを通した。

そんな二人を窘《たしな》めるような、静かな咳《せき》払いが一つ。

レドリクとともに報告に訪れた鷲鼻《わしばな》の老人が、皇帝《セイ》の痴態を見ても澄まし顔で佇《たたず》んでいる。

民政局の局長で、名をハリタという。

かつては式部省《しきぶしょう》で鳴らしたエリート官僚だったというが、嫡子《ちゃくし》に追われるように伯爵位を奪われて以降、転がり落ちるように雑用部署へ左遷された経緯を持つ、酸いも甘いも噛《か》み分ける男である。

「禁軍からいくらか割いて、ラマンサの安堵《あんど》に派遣しますか？」

狼狽頻《ろうばいしき》りの部下に代わって平然と、粛々と意見を続けるハリタ。

主だった帝国軍は東西南北の方面軍に散っており、残るは帝都防衛と皇帝警護を務める禁軍という構図になっている。

仮にも近衛《このえ》たる彼らを地方に遣《や》るのは大胆な発案だが——トルワブラウと交戦中の北部方面軍を除けば——ラマンサに最も近いのがこの禁軍であり、いち早い治安回復のためには彼らが適当というのもまた道理といえた。

しかし、セイはチタちゃんに落書きされながら首を左右にし、

「そいつぁよくない。ホッグのブタ野郎が乱を起こしたのがつい先月。帝都市民は恐《こわ》い想《おも》いをしたばかりなんだ。そこへ帝都の防備を手薄にするような真似《まね》をしたら、また何かあった時に大丈夫なのかよ、お上はナニ考えてんだよ、って不安がるだろう」

「なるほど……これは臣が浅慮でございました」

ハリタが感服したように一礼する。

彼ら民政局はその名を裏切らず、帝国万民を安んじるために心を砕く有能部署だが、それでも人心を把握することにかけて、やり手商人たるセイには及ばなかった。

（それに一番近いっていってもさ、派遣部隊を編成して帝都からラマンサまで送る間に、半月以上は余裕でかかる。ナーニャの絶叫が聞こえてくる）

ナーニャ一人がいくら泣き叫ぼうがセイは気にしないが、その間ずっとバトランの卸売りに支障が出るのは面白《おもしろ》くない。トナモロ以外でベベル子爵の兵が本当に武装蜂起しようものなら、もっと面白くない。

（ま、オッケオッケ！　逆境を好機にしちゃうのもセイさん流よ！）

セイは破顔一笑した。

解決策を思いついたからではない。チタちゃんが足裏のツボの位置をマーキングし始めたのが、くすぐったいからだ。

セイはよじれそうになる腹筋を必死に堪えながら、ハリタに命じる。

「急ぎ、式部を呼んで参れ」

人事と教育を主な職掌とする式部省、そのトップたる大臣に用件ができた。

しかし若いレドリクやミレニアはピンと来ていない様子。呼ぶなら軍事を司る兵部《ひょうぶ》や、警察を司る刑部《ぎょうぶ》ではないのかと。

一方、ハリタはセイの腹の内に思い至った様子で、

「ははあ……また悪いことをお考えのようですな」

と共犯者の如《ごと》き笑みを浮かべた。

一礼してレドリクとともに退室すると、式部大臣を呼びに行った。

執務室に残ったミレニアが呆《あき》れ顔になって、

「悪いことを企《たくら》んでいるのですか？」

「ちょっぴりね！」

セイはぬけぬけとウインクで応《こた》える。

傲慢《ごうまん》で腰の重い大臣連中の例に漏れず、式部であるネネマス侯爵が参内するまで時間がかかるはずである。ミレニアに事情を説明する暇はたっぷりある。

チタちゃんと「お医者さんごっこ」を続ける余裕もだ。

と思ったらそのチタちゃんが、

「……男の体は飽きた。次、女体を調べたい」

などとのたまった。

物言いたげな目で、じぃーっとミレニアのことを見つめた。

ミレニアは「うっ」とたじろぐが、チタちゃんのことを目に入れても痛くないほど可愛がっている彼女だ。

「ハイハイ、私も脱げばいいんですね……」

と観念したように言った。

「これもチタちゃんの知育のためだからね」

とセイは鼻の下を伸ばした。

するとミレニアがジト目になって、

「セイ様は出ていってください」

「え、ここ皇帝《おれ》の執務室《へや》なんだけど？」

「いいから出ていく！」

もの凄《すご》い迫力の秘書官殿に睨《にら》まれ、セイは執務室から追い出された。

全裸で。


二時間後、謁見《えっけん》の場は整った。

パラ・イクス宮に無数にある応接間のうち、皇帝がごく私的な懇談に使う小さな部屋が場所となった。

式部大臣、ネネマス侯爵ビヒュエは五十六歳。

小太りの男で、特に分厚くたるんだ頬《ほお》が目立つ。

セイはローテーブルを挟んで一対一。

ミレニアが秘書官としてテキパキ、酒と肴《さかな》を配膳する。例によって茶の類《たぐい》ではないのは、ネネマスの思考力を酩酊《めいてい》させようというセイ一流の小賢《こざか》しさだ。

壁際《かべぎわ》にはハリタが直立不動で侍《はべ》り、ミレニアも給仕が終わると隣に並ぶ。

その間、ネネマスはテーブルのものに一切、手をつけなかった。

なぜいきなり呼び出されたかわからない彼は、明らかにこちらを警戒していた。

「よく来てくれた、我が忠臣よ！　まあ楽にしてくれたまへ。まずは乾杯と行こうではないか」

とセイが気安く誘っても、

「畏れながら、陛下はご多忙の身にあらせられます。またこの臣も同様なれば、早速ご用件を承りたく存じます」

とネネマスは乗ってこない。

仕方がないので、セイは自分だけ銀杯に口をつけるふりをしながら、話を切り出す。

「ラマンサにいるベベル子爵が、トルワブラウと通じていた証拠が挙がった」

「なんとっ……そのような事態が……」

ネネマスが軽く目を瞠《みは》った。

それ以上の動揺を見せないのは、実は彼も知っていたとかそういうレベルの高い話ではなく、とにかくこちらに顔色を窺《うかが》わせないようにと気を張っている、さもしい努力の結果にすぎない。

何らの感想や意見を口にしないのも、一切の言質をとられまいとする処世術。

確かに愚かな男ではないが、小狡《こずる》いネズミの知恵の類である。

セイにとっては格好の獲物である。

「子爵自身は既に捕らえておるが、ラマンサの状況は未《いま》だ不透明だ。兵を遣って、安全を確保したいと余は考えておる」

「さすが陛下、ご賢察かと存じます」

「式部の所領は確か、中原でもかなり北の方であったな？」

「……ええ。……それが何かございますか？」

ネネマスはサッと顔色を消した。

ネズミの奸智《かんち》を持つ彼は、セイの言いたいことを早や理解しながら、空惚《そらとぼ》けてみせたのだ。

「式部も所領に少なくない私兵を抱えておろう？　余に貸してくれぬか？　ちょっとラマンサまで派兵してくれぬか？」

セイもネネマスが気づいていないふりに気づいていない態度を装い、あっけらかんと頼む。

これが兵部でも刑部でもなく、ネネマスを呼びつけた理由であった。

侯爵家の領地ティッキラは南北の大動脈ヨルム街道上、しかもアスタニスタ要塞にほど近い場所にある。

そこまで早馬を飛ばして代官に命じ、急ぎ部隊の編成とラマンサまでの派兵を指揮させれば、十日もかからず現地に到着できる見込みである。

「北部方面軍は護国の盾《たて》となり、兇猛《きようもう》なるトルワブラウ軍と今も睨み合いを続けておる。彼らのすぐ後方に当たるラマンサが乱れれば、前面の敵に専念できぬ。ゆえにラマンサ平定は急務である。やってくれるな、**我が忠臣**よ？」

「はい、陛下。……ですが申し訳ございませぬ、御身《おんみ》のご期待に副《そ》うのは難しゅうございます。当家の兵はあくまで所領を守る能しかなく、**遥々**《はるばる》ラマンサまで**遠征**となると勝手が違いまする。大変心苦しゅうございますが、やはり軍事《いくさ》のことは兵部めに諮《はか》るのが適当かと存じます」

セイがいけしゃあしゃあとお願いを続け、ネネマスがいけしゃあしゃあと辞退する。

笑顔で向かい合う互いの間で、視線と視線が静かな火花を散らす。

「あくまで兵を出すのは嫌だと申すか、式部？」

「嫌とは申してございませぬ。あくまで難しいと申しておるのです、陛下」

「そこをなんとかならぬか？」

「道理をひっくり返すことは、神ならぬ身には不可能でございます」

にこやかに拒否し続けるネネマス。

やむを得ぬなと、セイは芝居がかった嘆息をついた。

「賢明なるご理解痛み入ります、陛下」

「うむ、理解したわ」

セイはもう一度、肺の空気を全て吐き出すように大げさに嘆息する。

そして、まるで独り言のように語り出す。

「ベベル子爵は、これはもう斬らねばならぬ。家も取り潰《つぶ》す他ない」

「はあ……まあ売国利敵を働いたとなれば、当然のことでございますなあ」

ネネマスが釈然としない様子で、しかし相槌《あいづち》くらいは打たねば不敬に当たるとつき合う。

セイはこれでもかとシリアスな憂《うれ》い顔を作ると、さも遺憾げに独白を続けた。

「自然《じねん》、ラマンサは領主不在。となれば、余の直轄《ちょっかつ》領とするのが習いである」

「え、ええ……先のストーレン伯の乱の折にも、同じ例がございますな」

「だが余としては、日ごろより忠義を尽くしてくれておる式部に、その褒美《ほうび》としてラマンサを任せてもよかったのだがな……」

「はっ!?　えっ!?」

「**遥々**ラマンサまで兵を**遠征**させることさえ難しいとあらば、まして飛び地の統治など非現実的なことであろうな」

「お、お待ちください、陛下！　どうかこの式部に再考の時間を賜《たまわ》りたくっっっ」

同じ作り笑顔でも先ほどとは打って変わり、見苦しいまでの諂《へつら》い笑いになるネネマス。

まさかこんな話の流れになるとは、夢にも思っていなかったのだろう。

満面に笑みを浮かべると同時に、脂汗塗《あぶらあせまみ》れになっている。

非協力的だった己《おのれ》の言動を如何《いか》になかったことにするか、必死で算段しているのが窺える。

(ま、助け舟を出してやりますかね)

セイは内心しめしめ、表面上はすっとぼけて、

「え、やってくれるの?」

「はい、陛下! 確かに至難のことでございますが、このビヒュエ! 御国のために粉骨砕身、非才を振り絞って成し遂げてみせまする!!」

「さっすがビヒちゃん! キミならできると見込んだ余が正しかった! さすビヒ!」

その掌返《てのひらがえ》しっぷりがセイにはおかしくておかしくて、演技じゃなくとも笑顔になってしまう。

「やるなら急いだ方がいいと思うよ。時間を与えれば与えるほど、子爵の部下や兵たちがよからぬことを考えたり、トルワブラウの連中が唆《そそのか》すかもしれないからね」

「もちろん、臣の代官どもに鞭《むち》を打つ所存でございます」

「ラマンサを無事に確保できたら、そのままビヒちゃんのものにしちゃっていいからね!」

「お心遣《こころづか》いありがたく存じます、陛下!」

「それじゃ、ビヒちゃんの新しい領地に乾杯!」

「ユーリフェルト陛下の御代《みよ》に乾杯!」

互いに銀杯を掲げて、高らかに打ち合わせる。

ネネマスが上機嫌で飲み干す。

セイがもっともっと酌《しゃく》をしてやり、酔わせる。


にわかに始まった酒盛り。

それをミレニアは壁際で、呆れ半分に眺める。

「人間、やっぱ欲の皮が突っ張ってないとね！」が、セイの信条だ。

「そういう奴《やつ》を手玉にとるのは簡単だし、面白いんだよね！」が、セイの持論だ。

何度も聞かされた話だが、今回も実際に帝国軍は一兵も捻出《ねんしゅつ》することなく、ラマンサを急ぎ平定する部隊をでっちあげてしまった。

保身に長けたネズミを手玉にとってみせた。

ただ一方で、ミレニアには思うところがある。

「せっかくラマンサを皇帝直轄領にできる機会なのに、式部様に下賜《かし》するのは惜しいのでは？」

隣にいるハリタに小声で意見を求める。

「さて、それはどうでしょうか――」

かつての切れ味を日に日に取り戻している老局長は、ゆっくりとかぶりを振った。

「観光業以外、とりたてて産業のない土地柄です。帝都からも遠く、畏れ多くも今の帝室では、管理する手間ばかりが際立つのではないでしょうか」

「な、なるほど……」

「逆に下賜したところで、最終的には税収という形で返ってきます。確かに直轄領とするよりは目減りしますが、そこは侯爵家に管理費を渡しているのだと思えば」

帝室は楽して上前だけをハネられる——と。

(如何にもセイ様がお考えになりそうですね……)

大きな声では言えないが、ミレニアも納得がいった。

これがもしユーリフェルトであれば、帝室の威厳を回復するため、直轄領にすることに拘泥《こうでい》したであろう。

セイのようには鮮やかに、派兵問題を解決できなかったであろう。

「何よりこれで今上《きんじょう》はネネマス侯に恩を売り、反対に侯は他の大臣からの嫉妬《しっと》を買います」

「……考えてみると、工部《たくみべ》様の時と同じですね」

と、ミレニアは反芻《はんすう》した。

セイが皇帝に入れ替わってすぐのことだ。

工部大臣ドンマールを懐柔し、たっぷりと甘い汁を吸わせる代わりに、思い通りの公共事業を発注することができた。

またあの時は大司教ホッグが現れ、「工部とばかり手を組むのか？」「教団《われわれ》とも利益共有できないか？」と遠回しに打診してきた。

他の大臣たちはホッグほど明け透けな行動には出なかったが、内心ではドンマールばかり美味《おい》しい想いをするのが面白くなかったに違いない。


「我々民政局は昨今、バトラン商会と事業を合同したり、委託する機会が増えております」

唐突にハリタが言い出した。

ミレニアもうなずいた。現状、セイにとって自由に使える手駒がその両者しかなく、当然の話、両者に協力させる機会も増える。

ナーニャがラマンサから飛ばした早馬が、まず民政局に向かったのも、両者の密接な関係性ができたらばこそだ。以前は秘密の通路を使ってセイと直やりとりせねばならなかった。

「ハリタ様、それが何か？」

「陛下がどうしてバトラン商会に目をつけたのか、個人的に気になりましてな。公人としても彼らと上手《うま》く付き合っていくために、いろいろと調べさせました」

「なるほど、私にも興味深い話ですね」

「バトラン商会はまだまだ新興のため、大きな事業を始めようとすると、必ずコネヤックらの老舗《しにせ》大商会に横槍《よこやり》を入れられていたようです」

「出る杭《くい》は打たれる、ですか。帝国の自由経済を思えば、良い話ではないですね」

「ただまあ三代目の当主となる人物が異才らしく、新しい商売を発案しては敢《あ》えてコネヤックら五大商会に一枚嚙ませ、しかも取り分を七対三に抑えることで、横槍を受けないように工夫しているのだとか」

「アイデアは自分のものなのに、よその商会に七も取り分を渡すのですか？」

かつてナーニャがした説明をハリタがし、ステラが抱いた感想をミレニアが口にする。

無論、二人はそんなやりとりが遠くラマンサであったことなど、知りようはないが。

ナーニャたちがした会話と違うのは、ハリタがさらに話題を推し進めたことだ。

「モデルを単純化するために、ちょっと乱暴な計算をしましょう――」

元式部省の官僚は、教師口調になって言った。


その三代目当主が、全部で「十」の儲《もう》けを出す新商売を思いついたとする。

それをコネヤックと共同事業にすることで、コネヤックの儲けが「七」でバトランが「三」。

さらにまた別の商売を発案し、今度はブランデル商会と共同事業にすることで、ブランデルの儲けが「七」でバトランが「三」。

その調子で、五つある老舗商会とそれぞれ、五つの新事業を営んだとしよう――

「コネヤックもブランデルもその他三つの商会も、儲けは『七』だけです。しかしバトランは五つ合わせて『十五』の儲けです。一見、自分たちは損をし、また老舗商会を儲けさせることで彼らを満足させておいて、その実は老舗商会との経済力の差を縮めている」

「あっ」

まさに損して得取れの極致だ。

「似ていると思いませんか?」

式部大臣と大騒ぎで酒盛りしている今上を、ハリタは見つめた。

ミレニアもその眼差《まなざ》しを追った。

「陛下はいずこかでバトラン商会の存在をお耳にし、また三代目当主の手腕をご存じになることで、その極意を会得なされたのではないかと私は踏んでいます」

「…………」

ハリタの感想に、ミレニアは何も言えなかった。

まさかその三代目当主が、目の前で式部大臣と酒盛りをしているその人だとは、口が裂けても言えなかった。

しかし結局のところ、ラマンサで乱が起きることはなかった。

セイたちには知り得ぬ事実だが、当該地域に潜伏するトルワブラウの部隊は騎士シンクレアの指揮下にあり、そのシンクレア自身がグレンに討ち取られていたため、なんらかの間諜《かんちょう》工作を仕掛ける頭脳そのものが既に失われていたのだ。

そして、トルワブラウによる教唆《きょうさ》でもなければ、頼りなくも善良な先代子爵が代官に置いた小役人たちや、その隷下にある田舎兵《いなかへい》たちに、帝国に反旗を翻す政治的理由も野心もなかった。

式部ネネマス侯の剣幕に追い立てられるように、派遣部隊が強行軍でティッキラを出立したのが七月二十一日。

先行した騎兵五百がトナモロに到着したのが、同月二十三日。

後続の歩兵千五百の到着が二十六日。

グレン、ナーニャ、ともども胸を撫《な》で下ろしたのは言うまでもない。

だが彼らの与《あずか》り知らぬところで、帝国北部の情勢が再び激変したのが、同二十六日深夜から翌日にかけてのことであった。

すなわち〝薊姫《あざみひめ》〟の登場と、城塞都市ヴェールの失陥だ。

重要拠点の放棄を余儀なくされたユーリフェルトら北部方面軍は、南へ五キロ後退した地点に野営陣地を構築。

またユーリフェルトが火炎魔法の対策を提言し、検証すべくヴェール郊外の田園地帯で野戦を行ったのが七月三十日のことである。

水路と手押しポンプを使った放水作戦は今一つ効果を上げず、早々の撤退に追い込まれた。

だがユーリフェルトもこの一戦をテストだと割り切っていたからこそ、保険ともいえる策を用意していた。

自ら殿軍《しんがり》を買って出ると、嵩《かさ》にかかって追撃してくる敵騎兵部隊を幻影魔法によって撹乱《かくらん》。その威勢を逆用して自滅させた。トルワブラウ軍に貴重な騎兵戦力を千五百も、喪失させる大打撃を与えた。

おかげで敗走していたはずの帝国軍も一転、凱旋《がいせん》ムードとなり、兵らの士気を高く維持したまま野営陣地に帰還できたのである。

ところが――

「しかし、敗《ま》けは敗けですな。カイト将軍の講じた放水作戦はなんら効果を上げず、忠勇なる兵らをあたら妄《みだ》りに損ねてしまった」

そうクサして、せっかくの凱旋ムードに水を差す者がいた。

狼騎将軍《ろうきしようぐん》マルクである。

日差しも大分、西へ傾いた時刻。

野営陣地の中央に張った大天幕。

諸将らが集まり本日の戦いの総括《そうかつ》を行う、その口火を末席に座るマルクが切った。

「どう責任をとるおつもりですかな、〝ザッフモラー〟?」

上座のすぐ隣が定位置となったユーリフェルトを激しく睨み、嫌味たらしく批難してくる。

(だから最初に、必勝は約束できないと断っただろうに)

ユーリフェルトは鼻白む。

マルクがこちらをライバル視するのは結構だが、ならばより武勲を立ててやろうと奮起すればいいものを。そうではなく、とにかくこちらを貶《おとし》められればなんでもよいという態度なのが、本当に気に食わない。

(いい加減、目障りになってきたな)

こちらを凝視し続けるマルクへ、ユーリフェルトは冷酷な眼差しを返す。

さて、なんと言い返してやろうかと思案していると、上座にいる総司令キンゲムが代わりに重々しい口調で応えた。

「豹騎《ひょうき》は危険な殿軍を志願し、我らの退却を全うさせたことで責任を果たした。ましてトルワブラウの騎兵隊を返り討ちにしたとなれば、功の方が遥《はる》かに勝ろう」

これでこの話は終わり、有無は言わさぬとばかりの強い態度だ。

ユーリフェルトが殿軍を務めると申告した時、キンゲムはそれが気高き自己犠牲精神の発露だと勘違いし、感極まり、「絶対に生きて帰れ」と（多少、自己陶酔気味に）繰り返し叫んだ。しかもユーリフェルトが神懸かり的な迎撃を果たして生還したものだから、キンゲムの感激もひとしおの様子だった。

マルクの責任追及は、そんなキンゲムにとって無粋極まる論旨《ろんし》に聞こえたのだろう。甚《はなは》だ情熱的に擁護されて、ユーリフェルトとしては逆に閉口させられる。くすぐったい。

さらには虎騎将軍《こきしようぐん》ザザまで、精悍《せいかん》な面構《つらがま》えでマルクを睨《ね》めつけ、

「グレン卿の発案に勝る献策をできなかった者が、結果論で責めるのはこれ卑劣《ひれつ》なり。マルク卿もどうせ舌鋒《ぜつぽう》を振るうならば、火炎魔法に対するより有効な意見でも申したら如何《いかが》か？」

と、年齢でも戦歴でも長ずる立場から苦言を呈した。

ザザはユーリフェルトの肩を持つというよりは、あくまで中立の立場から、昨今のマルクの嫉妬に塗れた非建設的な言動の数々に辟易《へきえき》した様子だった。

「……出過ぎたことを申しました」

総司令と上席の将軍から逆に批難され、マルクは二人に頭を下げる。

だがユーリフェルトを見る眼差しが、ますます憎々しげなものとなる。

ユーリフェルトはもうそちらを無視して軍議に集中する。

総司令キンゲムが、

「はてさて、〝薊姫〟の火炎魔法をどう攻略したものかな」

などと他人任せなことを言いつつ、さも思案げに腕組みして唸《うな》った。

すると、

「そもそもの話ですが、再び戦いになるのでしょうか？　カイト将軍の逆撃で彼奴《きやつ》らは千五百もの騎兵を失っておりますし、ヴェールに立て籠《こ》もったまま出てこない公算も高いのでは？」

と将の一人が言い出す。

侯爵家の係累というだけで今の地位を与えられた、普段から気弱さが目立つ中年だ。


（その見込みも間違ってはいない）

ユーリフェルトは一つうなずく。

本来、重要拠点を奪った後は、占領統治に専念するものだ。四月に帝国軍がヴェールを奪還した時もそうしたようにだ。

またトルワブラウ側としても、せっかくヴェールを再占領したこれを機に、講和の道を模索し始める可能性がある。今ならトルワブラウ有利の条件で停戦できるし、〝薊姫〟をいち早く本国に戻せる上、火炎魔法の濫用を防げるという点でも彼らの利点は多い。

だが――

（それは事実である一方で、再戦はないと期待するのは楽観論にすぎる）

軍事とは常々、最悪のケースを想定するものだ。

トルワブラウの後方支援が万全で、千五百騎もすぐに補充してしまうかもしれない。

火炎魔法もどうせ一度は見せてしまったのだからと、帝都を焼き尽くすまで侵攻を止めないかもしれない。

そうやって再戦となった時に、何も対策を練っていませんでしたではお話にならない。


実際、他の諸将たちからも同様の声が上がり、気弱な男は早々に意見を引っ込めた。

〝薊姫〟の火炎魔法を如何に攻略するかに、議論が集約される。

「グレン卿の放水作戦は決定的とはならずとも、あの炎の怪物どもを怯《ひる》ませることに成功しておりました。怪物どもに痛覚のようなものが存在するかは不明ですが、苦しみ悶《もだ》えているように私には見えました」

そう意見したのは、これもザザだった。

「放水量をもっと増やすことができれば、あるいはあの怪物どもを撃滅できるやもしれませぬ」

「如何様」

「虎騎殿が一理ございますな」

と彼の見解に、賛同の声もチラホラ上がる。

またこれはユーリフェルトも考えていたことで、自ら進言もするつもりだった。ザザが先に口にしてくれたおかげで、その必要はなくなったが。

「問題はどうやって、より多くの放水をするかだな」

キンゲムがまた他人任せで、腕組みして唸る。

必要なのはある程度の水源（及び、戦場の選定）。

そして、投入する手押しポンプの数を増やすことだが、これが難しい。田園地帯の戦いでも二十機を用意させたが、この数でさえ無理をして突貫作業で作らせたのだ。

ユーリフェルトは具申する。

「二十機で駄目なら四十機で――などと小出しに試すのは、戦力の逐次投入同様、愚策に相違ありません。ポンプを最低でも百機、叶《かな》うならば五百でも千でもという話になりますと、これはもはや我々武人の領分ではございませぬ。今上陛下に願い奉り、後方からの支援を待つべき事案かと」

決して無責任ではない現実的な話で、政治に丸投げするしかないと主張する。

（これはもう是が非にでも、セイに用意してもらわねばならぬ）

先日、ユーリフェルトが積極攻勢論を唱えた時は、セイに――正確には彼がレドリクに持参させた書状に――論破されてしまったが、今度こそは折れるつもりはない。

いや、あの時のセイの化物じみた先見の力や、確かな弁論の切れ味を鑑《かんが》みれば、彼の才気はもはや疑いようのないもの。ならば攻めるか守るかどちらも一長一短のある情勢判断などとは違い、この手押しポンプは必須なものだと理解してくれる可能性が高い。

「豹騎の言い分はもっともである。陛下への奏上は私が認《したた》めよう」

とキンゲムも納得した様子で、総司令の責務を約束してくれる。

「すると次の問題は、ポンプが揃うまでの時間をどう稼ぐかですな」

「遅滞戦術自体は容易ではないか？　グレン卿の指摘通り、炎の怪物どもは鈍足だったことだ。一戦交えては早々に撤退するを繰り返し、都度、戦線を後退させていくだけで、かなりの時間が稼げるはずだ」

淀《よど》みなく答えたのはザザである。

キンゲムのような凡庸な総司令や、マルクの如き度し難い愚昧もいれば、彼みたいなまともな人材もいる。帝国軍も捨てたものばかりではないと、ユーリフェルトを少しだけ安心させてくれる。

「虎騎殿のご意見は聊《いささ》か中途半端《はんぱ》ではありませぬか？　退《ひ》くなら一気にアスタニスタ要塞まで退いた方が、兵站《へいたん》の損耗も抑えられるのでは？」

という意見も出たが、

「アスタニスタまで後退してどう戦う？　あの要塞の建造経緯をよく思い出せ」

とザザは一蹴《いっしゅう》。

ユーリフェルトも内心、同意。

アスタニスタを天然の要害たらしめているのは、東西に長いストラト山（正確には山地）の守りに易《やす》い地形にある。それはまさしく北の侵略から黄金の中原を護《まも》る、最強最後の盾である。対して要塞そのものは南麓《なんろく》の平野部に建造され、ために防御力はさほどない。あくまで大軍の駐屯地《ちゅうとんち》、兵站物資の集積点という意味合いが強い。

ではなぜストラト山中に要塞を建造しなかったかというと、伏流水の豊富な南麓側と違い、万単位の駐屯軍を賄うことのできる水場が存在しなかったからだった。

ゆえにザザはアスタニスタ要塞で、ひいてはストラト山で戦うのは不可能だと言っている。通常のトルワブラウ兵を阻《はば》むのは簡単だが、炎の怪物どもと戦う術《すべ》がなくなる。川なり池なり、水源そのものがなければ、たとえ後方から何千もの手押しポンプが送られてこようと、張子の虎でしかない。

「……逆に言えば、もしアスタニスタまで追い込まれるような事態となれば、その時点で帝国は滅亡を避けられぬということですな。いえ、口の端に上らせるのも畏れ多いことですが」

頭の血の巡りの悪い奴らが、遅まきながら気づいた様子でざわついた。

ストラト山以南の水場を使えば、炎の怪物は撃滅できるかもしれない。

しかし、トルワブラウ軍の山越えを許せば、もはや中原にはまともな防衛拠点が存在しないため、今度は通常の部隊を食い止める術がなくなってしまうのだ。

「「「…………」」」

重い沈黙が、大天幕のうちに満ちた。

多くの者が心のどこかで、「それでもアスタニスタ要塞があれば問題ない」と考えていたのだろう。最後には黄金の中原を護り通せると楽観していたのだろう。

事実、ユーリフェルトが前線を訪れる前、帝国軍が一度も勝てなかったころでさえ、トルワブラウ軍はストラト山だけは抜くことができずに、何か月も手を拱《こまね》いていたのだから。

だがその要塞神話も、〝薊姫〟の火炎魔法により崩れ去った。

厳しい現実をにわかに突きつけられ、多くの者が意気消沈していた。

「各々方、肚《はら》を括《くく》りなされ」

ザザが厳《いか》めしい顔つきになって言う。

本来ならば、上座でしょぼくれている総司令の役目。

ともあれおかげで皆が一応は顔を上げ、議論を再開する。

遅滞戦術を行うにも、どこでどうトルワブラウ軍の進撃を阻むか、また都度どこに野営陣地を構築し直すか、綿密なプランを事前に立てておく必要がある。

仮にも将軍ならできて当然の企画であり、ここにいる者らもその程度の能はある。

だがその作戦構想の輪郭ができる前に、一つ話しておきたい腹案がユーリフェルトにあった。

「〝薊姫〟の火炎魔法も問題ですが、我々はもう一つ逼迫《ひっぱく》した問題を抱えております」

「ふむ……というと？」

総司令キンゲムに発言が認められ、続きを促される。

「負傷兵の数が、もはや看過ならぬ状況となっております」

ユーリフェルトが指摘すると、同じ認識だったらしい将らが首肯する様が見えた。


ユーリフェルトが戦場に立って以降、帝国軍は連戦連勝を始めた。

それは裏を返せば前線が活発になったということで、戦《いくさ》というのはやれば必ず死傷者が出る。

たとえ勝ったとしても避けられない副作用のようなもの。

さらにはこたびの火炎魔法による被害だ。特にヴェールの夜襲で受けたそれは大きかった。

現在、北部方面軍の兵力は一万三千近くまで落ち込み、対して負傷者の数は四千人を超えるほどに膨れ上がっていた。

ユーリフェルトに言わせれば、非効率なことこの上ない惨状だ。負傷者だとて飯は食うのに、四分の一もの兵が稼働していない計算なのだから！

「ただちに拠点を移動させるべきです。トルワブラウ軍になお戦意があるか、ヴェールを近く監視しつつ、ポンプの到着と拡充を待ち、且つ負傷兵らの治癒《ちゆ》復員を早めることのできる場所があります」

「おおっ……それはいずこだ？」

今やユーリフェルトに全幅の信頼を置くキンゲムが、期待に満ちた眼差しを向けてくる。

他の諸将らも――マルクら筋違いの嫉妬心を抱く一部を除き――同様だ。

果たしてユーリフェルトは答えた。

「ラマンサです。帝国北部有数の湯治場です」

秘湯、名湯を無数に持つ山岳地帯がすぐ南西にあるのだから、これを使わない手はない。

トルワブラウ軍が城塞を打って出てくるまで、兵らは湯に浸かって傷を癒《いや》すことができる。

また迎撃地点としても問題ない。山の守りを利用できるし、無論のこと水源にも事欠かない。

キンゲムも思わずといった様子で膝《ひざ》を叩《たた》いた。

「豹騎の言やよし！　翌朝を以《も》って陣地を引き払い、移動を開始す。諸将らも兵に周知させよ」

「「「はッ」」」

諸将らが一斉に起立し、拝命した。

もはや思う様に軍を動かすユーリフェルトのことを、マルクがつら憎しげに睨み続けていたが、素知らぬ顔で無視してやった。

「お帰りなさいませ、ユーリ様！」

「…………」

ユーリフェルトが自分の幕舎に戻ると、エファが我が物顔で寛《くつろ》いでいた。

将軍ともなれば起居に使う個人用の天幕が宛がわれ、ベッドまで用意される。綿ではなく藁《わら》を敷き詰めた粗雑な寝台だが、地面に寝転がるのとは雲泥の心地だ。

そのベッドをエファが占領していたのだ。

ユーリフェルトは無言で傍《そば》まで行くと、無言でエファを引きずり落とし、無言でベッドに身を委《ゆだ》ねた。

「ひ、ひどいっ」

「たわけ。主君を差し置き、主君のベッドでだらける秘書官がどこにおるか」

落ちた地面に横たわったまま、被害者ぶって泣き真似するエファの抗議を、ユーリフェルトはガン無視する。

「主君のベッドを温めておいてあげた、秘書官の鑑《かがみ》じゃないですか、わたし！」

「今は夏だ。大きなお世話だ」

実際、シーツがじっとりと生温くて、ユーリフェルトは眉間《みけん》に皺《しわ》を寄せる。

「ユーリ様のご命令なら今晩、添い寝してあげてもいいんですよ？」

「おまえがベッドを使いたいだけであろうが……」

「いいじゃないですか、減るもんじゃなし！」

「余の寛ぐスペースが確実に減るわ」

「一つのものを分け合う主従って美しくないですか？」

「戯曲や講談ならばな。しかし現実に美談は要らぬ」

「ユーリ様ってばすーぐ、ああ言えばこう言うんだから！」

「勅命《ちょくめい》だ。今すぐ鏡を見てこい」

軍議で神経を使い、今日は早く休みたいのに、こいつのせいで気が休まらない。

しかし、本気で機嫌が悪くなりかけているのが伝わったのか、エファもスンと真顔になると、

「ラマンサ行き、説得できましたか？」

「ああ」

「おめでとうございます！　上々の結果ですねっ」

「結果はな。だが、面倒臭い軍議だった」

「まーたマルク卿辺りがウザがらみしてきたんですか？」

「嫉妬剝《む》き出しでな」

うんざりした顔で答えるユーリフェルト。

エファも我が事のようにぷりぷりして、

「いい加減、どうにかした方がいいかもしれませんね！」

「余もそう思っていたところだ。おまえ、ちょっと行って暗殺してこい」

「暗殺はちょっと行ってできるもんじゃないですよ⁉」

「ならば、じっくり計画を練って暗殺してこい」

「ヤですー！　暗殺なんて絶対、ヤですー！」

「……使えん奴だな」

「第一ユーリ様は、マルク卿の強さをご存じの上で仰《おっしゃ》ってるんですか⁉」

「知らん。手練れなのか？」

予想だにしないエファの台詞《せりふ》に、ユーリフェルトは目をしばたたかせた。

「槍《やり》の名人ですよ！　まあ、グレン様がいらっしゃったから、どうしても霞《かす》んでしまうのは仕方なかったんでしょうけどね」

「それはまた意外な……」

ユーリフェルトは感心するどころか、よけいにマルクのことを軽蔑《けいべつ》した。

そんな優れた能力があるのならば、他人を嫉妬して足を引っ張ることに腐心せず、その力を活かせばよいのに。宝の持ち腐れではないか。

「もしかしたらマルク卿は、グレン様のことをライバル視してたのかもしれませんね。その上、ユーリ様が入れ替わって、武力だけでなく知力でまで差を見せつけちゃったから、マルク卿としてはもう立場がなさすぎて、敵対視にまでなっちゃったのかも？」

「知らん。興味もない。あの男が目障りなことに変わりはない」

ユーリフェルトは冷淡に吐き捨てる。

「いいから早くあの男を暗殺してこい。刃で仕留める自信がないなら、色仕掛けでもなんでも使え。許す」

「だからわたし、そーゆーのヤなんですってば！」

「……使えん間者だな」

「確かに工作技術は仕込まれましたけど、気持ちは秘書官ですから！」

ああ言えばこう言うエファに、ユーリフェルトはそろそろつき合うのが億劫《おっくう》になってくる。

「おまえも早く寝《やす》め。明日はラマンサだ、早朝から移動する」

目を閉じ、ベッドの上で全身を脱力させる。

「はーい、お休みなさーい」

「だからベッドに入ってくるな！」

勝手に添い寝体勢になったエファを叱ると、彼女は舌を出して逃げていった。

ともあれ――

翌日、北部方面軍はラマンサ地方へと赴くことになった。

暦は八月に入り、夜明けとともに行軍開始。

ヨルム街道から支街道に外れ、南西へ一路。

昼過ぎには麓町《ふもとまち》最大のミズロに到着した。

そして、そこでユーリフェルトは思わぬ出迎えに会う。

今は「バトランの商会長セイ」として日々、平穏を享受《きょうじゅ》する男だ。

すなわち本物の豹騎将軍、グレン当人であった。

第七章　魔法対魔法

バトラン商会の名義でとった温泉宿に、ユーリフェルトは招待された。

エファはそのご相伴《しょうばん》で、ミズロでも屈指の一流老舗《しにせ》で歓待を受ける。

人目を忍ぶため、日が沈むのを待って二人で向かった。

八月一日のことである。

宿ではグレンの他《ほか》、ナーニャとステラが待っていた。本物のセイの妹のことは──「奇跡の一夜」に同じく巻き込まれたので──面識があるが、女の理想を体現したようなオトナの美女と会うのはこれが初めてで、エファは同性にもかかわらずドギマギさせられた。

ステラの方もエルフを見るのは初めてで（というか実在するとは思っていなかったようで）エファの長い耳を物珍しそうに凝視していた。

「エルフを従者にする将軍サマだなんて、まるで御伽噺《おとぎばなし》の世界だねえ……。さすがあのグレンさんのご友人？　だけあって破天荒だねえ」

と勝手に納得してくれていた。

大事な話がある男性陣と責任のない女性陣にわかれ、ナーニャたちに露天風呂《ろてんぶろ》へ誘われる。

「はふぅぅぅぅう、疲労という疲労がお湯の中に溶けていきましゅぅぅぅぅぅ……」

肩まで浸かったエファは、死体のようにグデッと縁石に寄りかかった。

このまま魂まで口から抜け出して、極楽に昇っていけたらいいのにと。

「ずいぶんお疲れみたいだねえ、エファさん」

「女が戦場暮らしだもんねえ。さぞしんどいことだろうねえ」

ナーニャとステラが左右に寄ってきて、同情してくれる。

人にこんなに優しくしてもらったのはいつぶりだろうかと、エファは涙ぐむ。

思わず愚痴をまくし立てる。

「違うんですよ！　戦場どうこうじゃなくて、ユーリ様の人使いが鬼なんですよ！」

「ああ、あの陰険皇て――将軍じゃあねえ」

「そうなのかい？　確かに一目見た感じ、冷たそうなお人だったけど」

「冷血漢って言葉はあの人のためにあるんですよ！」

ここぞとばかりに主君の陰口を叩《たた》きまくるエファ。

「ウチの『兄さん』とは大違いだねえ」

ナーニャもユーリフェルトの正体を知っているはずなのに、遠慮のない物言いをする。

この人とはイイお友達になれそうとエファは感じる。

「『兄君』とは上手《うま》くいってるんですか、ナーニャさん？」

「優しいし頼もしいしカッコイイし控えめに言ってサイコー」

「いいなあ！　わたしもどうせならそんな御方に仕えたかったです！」

「じゃあウチの商会に転職する？　エファさんならお給料弾《はず》むよ」

「本当ですか⁉」

思わずかぶりつきになるエファ。

しかし、

「ぶっちゃけトーク、今いくらくらいもらってるの？」

「アタシも今度、バトランさんの出資でお店を始める予定なんだけど、こっちで雇ってあげてもいいわよ？」

と二人が冗談で言っているわけではないのを知って、「うっ……」と口ごもる。

「……ごめんなさい。お気持ちはホントにホントにホントにうれしいんですが、わたしがいなかったらユーリ様は日常生活さえポンコツな方なので……」

しどろもどろになって辞退する。

ナーニャとステラが顔を見合わせる。

それから、

「なーんだ！　あの陰険皇て――将軍のこと好きなんじゃーん」

「アンタも女だねえ」

「すすす好きとかそういう話じゃないですよ⁉」

エファはカーッと赤面した。

その表情が白状したようなものだった。

まして人情や機微に敏《さと》いナーニャとステラだ、誤解しない。

エファはぶるぶると首を左右に振り、

「あ・く・ま・で主君として凄《すご》くソンケーしてる……いや、ちょっとソンケーしてる……いや、ソンケーしてるのかな……？　いや、ソンケーしてなくはない……うん、自信はないけど多分そう……っていう話ですよ⁉　恋愛感情なんかじゃないですからね！」

と必死で説明しても、ナーニャたちは信じてくれない。

まるで惚気話《のろけばなし》を聞いているみたいにニヤニヤしっ放し。

「アレは相当手強《てごわ》そうだけど、頑張ってね。応援してるね」

「いい武器持ってんだから使いなよ」

言って左右から手を伸ばしてくる。わしづかみにする。

縁石に寄りかかった状態だと、肩まで浸かっているのにもかかわらず、お湯の上にドーンと浮き上がってしまうエファの胸の立派な双丘を。

「ふあああああああああああああああああああああああ⁉」

エファのあられもない悲鳴が、温泉宿の裏手に木霊《こだま》した。

◆

「……今、何か女性の叫びが」

「捨て置け、グレン。どうせ大したことではない」

ユーリフェルトはきっぱりと断じた。

仮にも皇帝の命だ、グレンもすぐに従った。

宿の二階にある、密談にうってつけの個室。

小さなテーブルには既に晩餐《ばんさん》の用意が整っている。

廊下に聞く者がいないか、グレンはなお用心で確認すると、

「ご無沙汰《ぶさた》しております、ユーリフェルト陛下。戦地にあそばしてご無事の由、誠に重畳《ちょうじょう》なること慶賀に堪《た》えませぬ」

最敬礼の挨拶《あいさつ》をしてくる。

「いいから気楽にしろ。余もその方が性に合うと、最近だんだんわかってきた」

ユーリフェルトは敢《あ》えて砕けた物言いを使う。

着席しようとしないグレンを座らせ、テーブルを挟んで対面する。

グレンも肝《きも》が太いのだろう、礼を失しない範囲で肩肘《かたひじ》張るのをやめた。ユーリフェルト手ずから酌《しやく》をしてやっても恐縮はせず、堂々と返杯してくる。

「無沙汰か……確かに久しいな」

田舎《いなか》にしては上等な葡萄酒《ぶどうしゆ》に口をつけ、反芻《はんすう》するユーリフェルト。

グレンと顔を合わせるのは、互いの立場を入れ替えた「奇跡の一夜」以来のことだから、実に百三十三日ぶりのことであった。

ユーリフェルトはそこまで正確に数えていないが、なるほど相応の感慨がある。

前線に立って以降の激動の日々を、ふと振り返ってしまう。

「確かに余自身は無事だが、帝国軍はそうではないな」

「ですが連戦連勝の報は帝都にまで届き、そのたびに民を熱狂させておりました。陛下お一人が戦場に立つことで、こうも変わるものかと、私も脱帽しておりました。同時に我が非才と、あの夜に御身《おんみ》の将器を疑ったことを恥じ入るばかりです」

「気にするな。余の将器とやらも大したものではなかった。せっかくヴェールを奪い返したというのに、またすぐ奪われてしまった」

「……ヴェールで大火が起きたという噂《うわさ》は、このラマンサにも届いておりました。すわ伝説の〝薊姫《あざみひめ》〟の仕業《しわざ》ではないかと考えているのですが？」

「そうだ、〝薊姫〟だ。アリノエ王家の火炎魔法だ。余の手妻では為《な》す術《すべ》もなかった」

自嘲《じちょう》の笑みを浮かべ、銀の酒盃《しゅはい》をグイとあおる。

ユーリフェルトは別に、将才を競いに前線へ赴いたわけではない。

帝国軍を勝利させ、トルワブラウを打ち攘《はら》うことができればなんでもよかった。

しかし、だからこそ〝薊姫〟に魔法使いとしての格の差を見せつけられ、連敗を喫したことが屈辱だった。

(無論、やられっ放しでいるつもりはないがな)

ユーリフェルトの目は死んでいない。

杯《さかずき》を一気に飲み干しても、酔いで曇りはしない。

「余のことはさておきだ。おまえはなぜラマンサくんだりにおるのだ?」

「はい、セイから認可を取り付けまして、バトランの商隊を率いて卸売りに来ております」

「それは偶然もあったものだな……。しかし、おかげで余は旨《うま》いメシにありつける」

ユーリフェルトは後半、冗談めかして、食卓に並ぶ馳走《ちそう》に舌鼓《したつづみ》を打つ。

素材こそ高価な珍味を厳選しているものの、宮廷料理ほど格式張っていないそれらは、今の自分の趣味に合う。まして戦場暮らしの身には染《し》みる。

宿が抱える料理人の腕前も良いようだ。炙《あぶ》って切り分けられた鴨の肉肌の、得も言われぬ桃色の塩梅ときたら、食欲をそそって堪《たま》らない。一噛《ひとか》み、鶏にはない野趣と脂《あぶら》が口に溢《あふ》れる。

そこへ葡萄酒を流し込むと、渋味が一切《いっさい》消え去って甘味だけが広がる。といって砂糖のようにベタつくような後味は皆無で、口内の鴨の脂も洗い流してくれる。

最高のマリアージュだ。

「この四か月余り、おまえもいろいろあったのではないか、グレン？」

語って聞かせよと酌をしてやると、グレンが杯で受けながらうなずく。

これまたよい酒の肴《さかな》である。

慣れない商会長を務める彼の失敗談には、大いに笑った。

他方、世間知らずという点では大同小異のユーリフェルトだから、グレンが初めて触れたという平民の生活様式や常識に驚かされることもあった。

さらには大司教ホッグの乱の折には、平穏を望んだはずの彼が帝都防衛のために剣をとったと聞いて、もっと驚いた。

寡黙な風のあるグレンだが、意外と話せば口下手ではなく、談笑に花が咲いた。

だが話題がラマンサでの近況に追い付いたところで、ユーリフェルトは息を呑《の》まさせられた。

「なにっ。ベベル子爵が代替わりし、しかも跡継ぎがトルワブラウに通じていたというのか？」

まさに青天の霹靂《へきれき》である。

「余は――いや、北部方面軍は何も聞かされておらぬぞ」

「ネネマス侯の派遣部隊が到着し、本格的な事情調査が始まったのがつい先日ですから」

「ふむ……」

ただちに北部方面軍に害なす問題というわけではなし、だとしたら最前線にまで報《しら》せが届いていなかったのもやむを得ないか。

（あたかも宮廷にいるが如《ごと》き感覚で、あらゆる情報を欲するのは、身勝手な話だな）

今の己《おのれ》は「皇帝」ではなく、立場をわきまえる必要があった。

ユーリフェルトも努めて気持ちを切り替える。

（プラスに考えよう。式部《しきぶ》が事態の処理に手を貸すなどと、どういう風の吹き回しかは知らぬが、兵を送ってくれたのは使える）

貴族お抱えの私兵を、そのまま北部方面軍に組み込むのは帝国法上難しいが、しかしトルワブラウ軍がラマンサまで攻めてきた折には、共闘を命じることが可能だ。

兵力に心許《こころもと》ないこの今、千でも二千でも増員できるのは助かる。

「それにお手柄だな、グレン。たまたまとはいえ、おまえがベベル子爵の内通を暴いてくれたおかげで、我らも憂《うれ》いなくラマンサに駐留できる」

もしそのダッケロニとやらが健在だったらと思うと、ゾッとする。

トルワブラウに内情や軍機を横流ししたり、あるいはもっと直接的に暗殺部隊の手引きや、兵らの食事に少しずつ毒を混ぜさせる等、どんな妨害工作を受けたかもわからない。

しかしグレンの活躍のおかげで、それらの危惧はすっかり取り除かれた。

「正直、我が軍は苦境に立たされているが、悪いことばかりではないな」

「それに関しまして、陛下。我がバトラン商会は、さらに軍のお役に立てるかと」

「ほう……期待してよいのだな？」

「ええ。軍がラマンサに移動したのは、恐らく湯治目的だと思います」

「その通りだ。負傷兵があまりに増えすぎてな」

今は平民として暮らしているとはいえ、さすがグレンは一廉《ひとかど》の将だ。軍から離れていても、ユーリフェルトらの現況をほぼ正確に推測し、把握できていた。

その彼が一献、ユーリフェルトに酌をしながら申し出る。

「これもたまたまなのですが、我が商会はエルフの秘薬を多数、輸送してきております。軍に買い上げていただければ、兵らの早期回復に一役買うかと存じます」

「なんだと……」

聞き捨てならないグレンの台詞《せりふ》に、ユーリフェルトは杯を置いた。

「その秘薬とやらは箔付けのための方便ではなく、本当にエルフたちが栽培している薬草類のことか？」

「はい、筆頭秘書官殿に融通していただきました」

「なぜミレニアがそんな真似《まね》をする！　あれは帝室のためにある秘薬だぞ！」

「話せば長くなるのですが……。私が帝都防衛に協力した貸しの取り立てに、セイに何か便宜《べんぎ》を図るようにとナーニャさんが交渉いたしまして。それでセイが提案したのが、エルフの秘薬を卸売りする商売の橋渡しだったのです」

「セイめ！　余の権力《ちから》で好き放題しおって！」

どこまでも業腹な奴《やつ》だとユーリフェルトは憤慨する。

人の好《よ》いグレンは、セイを執り成すように言った。

「しかしおかげで、秘薬を軍のお役に立てる偶然につながったわけですし」

「それはそうだが……」

当たり前のようにうなずきかけて──

ユーリフェルトはハッとさせられた。

（偶然……偶然だと……？）

口中で呟《つぶや》きながら、今し方グレンから聞かされた一連の話を反芻する。


グレンがラマンサまで卸売りに来たのは偶然。

しかしおかげで、ベベル子爵の内通を咎《とが》めることができた。

式部ネネマス侯が事態の鎮静化に兵を派遣したのも偶然。

しかしおかげで、北部方面軍は一時的に戦力を増強できる。

バトラン商会がエルフの秘薬を扱い始めたのも偶然。

しかしおかげで、負傷兵の問題を改善できる。

――と。

あまりに話が出来すぎではないか？

（これら全て、本当に偶然か？）

ユーリフェルトの理性と勘の全てが、否《いな》やを告げていた。

歯嚙み。そして、グレンに聞き込む。

「セイに認可を取り付けて、ラマンサへ商売に来たと言ったな？　それはバトランの方から希望した話か？」

「申し訳ありません、私の言い方が不正確でした。実はセイへの貸しがもう一つありまして、ナーニャさんがそれも返せと取り立てたところ、セイの方からラマンサで商売をしたらどうかと便宜を図ってくれたのです」

（やはりそうか！）

ユーリフェルトはもう一度、先ほどより激しく歯嚙みした。

その顔つきを見て、グレンが何事かと怪訝《けげん》そうにしつつも、また別の申し出をしてくる。

「トルワブラウ軍が近日中に、このラマンサまで侵攻してくる可能性がございます。その折には、ぜひ私も陛下の陣にお加えください。若輩《じゃくはい》非才ながら、協力させていただきます」

「精強な北国兵をして〝一騎当千《ザッフモラー》の化物〟と畏《おそ》れられるおまえだ、是非もない。泣けるほどにありがたい話だ！」

　口とは裏腹にユーリフェルトは笑った。

　歯噛みから一転、もうおかしくて堪らなかった。

　皮肉るように問い返す。

「しかし平穏を望んだおまえが、またも戦場に立つというのか？」

「はい……正直に言えば、剣をとるのは懲《こ》り懲《ご》りです。しかし目の前で軍が苦境に立たされているのであれば、居ても立ってもも居られません。同じ釜の飯を食べた者たちを捨て置けません」

「なるほど、おまえはそういう男か！」

　ユーリフェルトは大声で笑った。

「ハハハハハハハハ！　ハハハハハハハハハハハハハハハハハハハハハハ！」

　グレンがぎょっとなるほど、もう箍《たが》が外れたように笑い続けた。

「お前も余も、所詮はあの男の掌の上か！」

　恐れ入ったわと、口惜《くちお》しさのあまりにテーブルを叩いた。


　後日、セイはこう語っている——

　帝都はパラ・イクス宮。五階のバルコニーにソファを用意させ、猛暑を極める夏の夜を過ごすため、せめてもの夜風に当たっていた。

傍《かたわ》らに立つミレニアの質問を受けていた。

「俺《おれ》がグレンをラマンサに遣《や》ったのは偶然かって？　そんなワケないでしょ！」

あっけらかんと答えるセイ。

同時に彼の膝《ひざ》を枕《まくら》に寝こける、聖天使ちゃんの髪を撫《な》でる。

夕食後の満腹も手伝ってか、チタの寝顔はひどく心地よさそうだ。

ミレニアにも隣に座るよう言っているのだが、律義な秘書官殿はあくまで立ったまま、

「ではユーリフェルト様がグレン様と合流するのも、全て予測されていたのですか？」

「そうだよ？　大司教《ホッグ》を引きずり落とす算段を練った時に比べたら、まあ簡単だったね」

「簡単て……」

呆《あき》れ顔になるミレニアに、セイはキザなウインクをバチコリとキメる。

「そもそもユーリはレドリクを通して、積極的な攻勢に出るべきだって主張してきたわけよ。トルワブラウの奴らがずっと大人しいから、『ヘイヘイあいつらビビってるぜハハハ』ってね」

「ユーリフェルト様はそんな言葉遣《づか》いをなさいませんが……。はい、レドリク様からもそうご報告を聞きました」

「でも、俺はそうだと考えなかったわけよ。だって俺がトルワブラウ軍で、マジでビビってるんならさ、とっくに国元までトンズラしてるもん。なのに連中、ヴェールのすぐ北に留まって

さ、ずっと静かにしてたわけでしょ？　それって反撃の牙《きば》を磨《みが》いている真っ最中で、用意が整い次第とんでもない大侵攻を仕掛けてくるんじゃないかって考えてたわけ。だって俺ならそうするもん」

ただし、とセイは付け加える。

トルワブラウ軍の司令部はセイほど賢明ではなく、ユーリフェルトの言う通りに、帝国軍を恐れて動けないだけの可能性はあった。

かといって本国に逃げ帰る決断もできない、保身に自縛されている可能性だ。組織が大きくなればなるほど起こる、人間という種の愚かしさだ。

「だからまあユーリフェルトの意見は否定せずに、どちらにしても積極攻勢に出られるほどの財政余裕も今ないから、しばらく大人しくしとけって言ったわけ。同時にもしトルワブラウ軍が牙を剝《む》いた時のために、手を打っとこうと考えてたわけ。そしたらナーニャがナマイキにも便宜をよこせって俺を脅迫してきたから、これ幸いに利用したろって思いついたわけ」

「そして実際、トルワブラウ軍は凄《すさ》まじい反攻準備をしていたわけですね。なにしろ〝薊姫〟を戦場に投入してきたわけですから」

「魔法については俺は民間伝承レベルの知識しかないから、そこは読めなかったけどね」

今度しっかり調べようと決意するセイ。

帝宮の書庫の奥を漁《あさ》れば、記録の類《たぐい》が見つかる可能性が高い。何せハ・ルーンで最も多くの真実を秘匿《ひとく》しているのは、帝室に他ならないのだから。

「だけど帝国軍が再びヴェールを失うような事態になるなら、そりゃ被害が少ないわけがない。そこはわかりきってるでしょ？　しかもその前の時点から負傷兵が増えて困ってるって、レドリクを通してユーリの訴えを受けてた」

ゆえに膨れ上がった負傷兵を抱えた帝国軍が、ヴェールから撤退した後にどこを目指すか、ユーリフェルトが何を考えるか、セイには手に取るようにわかった。

「わかっていたからグレンを送り込んだ。エルフの秘薬もお届けさせた」

「ダッケロニの敵国内通も予測の内ですか？」

「そりゃさすがに読めない。俺も神様じゃない。ただラマンサの治安に不安があったのもわかってた話で、先にグレンを派遣しておけば綺麗《きれい》に掃除しておいてくれるかなって。そしたら帝国軍が逃げてきても安心だなって。そこは計算の内」

付け加えれば、子爵が敵国と内通していたという危機を、好機に変える努力をセイはした。

式部ネネマス侯に兵を送り込ませて、北部方面軍の助けになる格好にした。

レドリクを通じたユーリフェルトの戦力増強要請を、セイはすげなく断った。しかしそれは、ない袖《そで》は振れないだけで、意地悪をしたいわけではなかった。国庫や正規軍に負担をかけずに送ることのできる兵があれば、喜んで送るという話だった。

「タネ明かしは以上でっす。納得いただけたかな、秘書官殿？」

「はい、陛下。まったく恐れ入りましてございます、今上陛下《きんじょうへいか》」

「じゃーご褒美《ほうび》に隣に座ってくれない？」

「まったくこの今上は甘え上手ですね」

セイがソファの隣をぽんぽん叩くと、ミレニアが苦笑いで寄り添ってきた。

ドワーフの美少女を膝に乗せ、エルフの美女と夜風で涼む。

いい雰囲気だし、セイはなお調子に乗って得意がる。

「火炎魔法がどれだけヤバイかは正直ピンと来ないし、大至急ポンプも用意させてるけどね。グレンがいれば、一層ユーリも助かるだろ」

一方、ミレニアは憂い顔になって、

「平穏を望んでおられるグレン様を巻き込むのは、気が引けますけどね……」

「俺は悪くないよ！　グレンが勝手にやるだけで協定は破ってないよ！　なんなら一番悪いのは、欲の皮が突っ張ったナーニャだよ！　あの愚妹が俺を脅迫してこなかったら、グレンをラマンサくんだりに送り込む口実なんて一個もなかったもん！　ナーニャをそんな風に育てたのもおまえだろってツッコミはなしね！」

「その早口が後ろめたさの表れでは？」

「静かにしようか、ミレニアさん。チタちゃんが起きちゃう」

ミレニアに的確にツッコまれ、セイは苦しい誤魔化《ごまか》し方をした。

そして現在、ラマンサ。将軍に入れ替わった皇帝と、商人に入れ替わった将軍の密会――

ユーリフェルトはなお哄笑《こうしょう》しながらグレンに告げた。

「おまえの気持ちはありがたい！　だが助太刀は無用だ！」

「し、しかし、先ほどは是非もないと……」

「気が変わった！　いや、変わったのは考えか？　とにかくおまえがおらずとも――余は勝つ」

自信たっぷりにユーリフェルトは宣言した。

確かにセイの掌《てのひら》の上で踊らされるのは業腹だ。

しかし帝国繁栄のためならば、ユーリフェルトは最高のダンスを披露してみせる男だ。

つまりはグレンの加勢を断ったのも、決して意地を張ったわけではない。

たった今、火炎魔法攻略の算段がついた。

ならば平穏を望む男の武力を、殊更《ことさら》に恃《たの》む必要はないというだけの話。

（そう、おまえのおかげだ。セイ――）

ユーリフェルトは皮肉っぽく片頬《かたほお》を歪《ゆが》める。

（今回の件でよくわかった。痛感した）

セイという男の才幹は、自分が予想したよりも数倍――否、数十倍は卓越していた。

まさに化物じみた権謀術数の持ち主だった。

（ならば何も遠慮することはない。帝国軍を勝たせるため、今上陛下の辣腕《らつわん》に全力で甘えさせていただこうではないか。それもまた前線の将の本分であろうよ）

恃むならばグレンの武力にではなく、セイの政治力に。

もはやユーリフェルトに迷いはなかった。

普段は氷のように冷たい蒼瞳《そうどう》に、今は妖《あや》しい熱気が宿っていた。

グレンに何かを感じ取らせ、この武人をして気後れさせるほどの覚悟《モノ》を秘めていた。


トルワブラウ占領下ヴェール――

新進気鋭の将軍ネビルは総督府での軍議が終わると、その足で〝薊姫〟の元へ向かった。

同じ館内の最上等の部屋を、姫殿下は滞在中の寝室兼居室にしていた。

格式張った挨拶を丁重に済ませた後、ネビルはベッドで横たわる少女に報告する。

「出陣の用意が整いました、姫殿下。明朝七日、ラマンサへと向かいます」

優秀なる彼らトルワブラウ軍は、ヴェールの再占領後十日足らずで、市民らを押さえつける統治体制の構築に一先《ひとま》ずの目途をつけた。

生ける国宝たる〝薊姫〟を国外へお連れしている以上、占領統治に十全の時間をかけている暇はない。拙速《せっそく》上等、帝国軍との決着を目指す。

過日の田園地帯で失った、千五百騎の補充も叶《かな》わなかった。国元から送られてきたのは歩兵が一千、それも予備役間近の年寄りばかりだった。既に〝薊姫〟のご親征を賜《たまわ》っている以上、抗議しても贅沢《ぜいたく》を抜かすなと叱られるのがオチだった。

ナイナイだらけだが、何もかも思い通りに進む戦争など絵空事の世界のことだ。

その上で最善を目指すのが将の手腕だ。

年寄りたちと負傷療養中の兵らを防衛に残し、その他全軍でヴェールを打って出る。


――と、それらの詳しい事情を、目の前の無垢《むく》な王女に語って聞かせる必要はない。

「承知いたしました、グラハム様。わたくしたちも移動の用意をいたします」

〝薊姫〟は素直にうなずくと、ベッドに横たわったままお付の侍女たちに目配せした。

ネビルも一礼し、すぐに退室しようとする。

ところが〝薊姫〟が何やら物言いたげな目を、今度はこちらにじっと向けてくるではないか。

「如何《いかが》なさいましたか、姫殿下?」

「ご、ごめんなさい……。城を出てからというもの、わたくしったらどんどんワガママになってしまって……」

〝薊姫〟がすっかり恥じ入った様子で、かあああ……っと頬を染める。病弱な彼女の蒼白《そうはく》の肌ではよけいに目立つ。

いったい何事であろうか？

（誰よりも献身的な心根を持つお姫様が、珍しいこともあるものだ）

ネビルは困惑よりも好奇心の方が勝った。

「ははは！　ワガママくらいよいではありませんか。なんでも私にお申し付けください」

敢えて笑い飛ばす態度をとると、〝薊姫〟はまだもじもじしながら、訥々《とつとつ》と言った。

「グラハム様が教えてくださる外のお話が、いつも面白《おもしろ》くて……」

もっとお話しして欲しいと、消え入りそうな声でねだった。

これで十八歳！　深窓も深窓とはいえ、なんと可憐《かれん》なお姫様か！

不敬かもしれないが、ネビルはこの〝薊姫〟の純真さに触れるたび、つい父親が娘へ向けるような微笑《ほほえ》ましい気持ちを抱いてしまう。

「承知いたしました。私はこの後、もう軍務はございません。いくらでもおつき合いいたしましょう」

「まあっ。本当ですか」

「姫殿下に嘘《うそ》などつきませんとも」

本当は直属の部隊に指示やら訓令やらしなくてはならないのだが、それは副将に任せよう。

後で少しトイレに抜けるふりをして、誰かに託《ことづけ》させよう。

(明日には殿下の心身の酷使をおして、火炎魔法でハ・ルーン人どもを焼き払ってもらうのだ。せめて今日くらい、夢を見ていただこう)

ネビルは巧《たく》みな弁舌で、無垢な少女が喜ぶ巷間《こうかん》の悲喜交々《こもごも》を——エゲツなさや生臭さを一切、取り除いて——面白おかしく語り聞かせた。

その如才《じょさい》のなさに、王女お付の侍女たちも満足そうだった。


トルワブラウ軍が城塞を打って出た報せは、市内に潜伏する間者の手配によってラマンサの帝国軍にもただちに届けられた。

「彼奴《きやつ》らめ、思ったよりも早かったな……」

と唸《うな》ったのは総司令キンゲムだ。

ミズロ市長の屋敷を臨時司令部に接収し、諸将らを集めていた。

実際この短期間では、いくら湯治とエルフの秘薬のダブル効果でも、復員できた負傷兵の数はわずかだった。

またラマンサ各都市の協力を得て、手押しポンプも作らせていたが、合わせて百機を揃《そろ》えるのが精一杯だった。帝都方面からの支援分もまだ届いていない。

田園地帯で戦った時から、あまり状況は改善されていない。「ラマンサくんだりまで来た意味はあったのか」と、狼騎将軍《ろうきしょうぐん》マルクらの嫌味も聞こえてきた。

にもかかわらずユーリフェルトは断言した。

「問題ありません。我が軍は勝てます」

と、諸将らをどよめかせた。

策を語って聞かせ、マルクら敵対的な者どもを除いた一同を納得させた。

納得させるだけの実績があった。

帝国歴三〇一年、八月八日。

ユーリフェルトは負傷兵の他一部を残してミズロを発《た》つと、山中に布陣させた。

といってもほとんど山裾《やますそ》の、麓《ふもと》に対してわずかに高い位置を占める程度の辺りだ。

周囲の林も木々が疎《まば》らで、兵を並べるにも騎馬を駆《か》け下りさせるにもほとんど不自由がない。

そこへトルワブラウ軍が偉容を現したのは、昼食時も大分回った時分。兵らが午睡の誘惑に悩まされる最中のことだった。

あちらも既に昼食と休息を済ませたようだが、兵気凛々《りんりん》なのが見て取れる。

裾野に展開したその数を見れば、二万近い。

トルワブラウ軍の本気度が窺《うかが》えるし、兵力一万五千にも満たない帝国軍は苦しい（そのうちの二千は式部ネネマス侯の兵なので、彼らがいなければもっと苦しかった！）。

ユーリフェルトのいる本陣司令部は自軍の最後方、すなわち一番高く登ったところに位置し、麓のことがよく見通せる。

（奴ら、今日も馬車を引き連れているな）

敵軍の布陣を観察し、後方司令部のさらに後ろへ並ぶ五台の大型馬車を確認した。

恐らくあの中の一台に〝薊姫〟がいるのだろうと推理する。


そのユーリフェルトの憶測は当たっていた。

うちの一台がまさに移動聖堂ともいうべき仕様となっており、〝薊姫〟はそこにいた（残る四台は姫殿下の居場所を特定させないための囮《おとり》馬車だ）。客車の中が通常のものとは異なり、座席の類が取り払われ、代わりに中央に儀式を行うための祭壇が設《しつら》えられている。

壇の周囲は御簾《みす》で完全に覆われ、あたかもその「内」と「外」を隔絶するかのような演出がなされていた。すなわち「侵してはならない浄地」と「穢《けが》れ多き世俗」を聖別しているのだ。

そして侍女たち四人が、客車の四隅に直立不動で見守る中――

〝薊姫〟は祭壇の真ん中で、火炎魔法の発動に集中する。

ヴェールを発つ寸前に水垢離《みずごり》を済ませ、精進潔斎、一糸纏《まと》わぬ姿で祈るように胸の前で手を組んでいる。

少女の唇や肌が蒼褪《あおざ》めているのは、裸身による寒さのせいではない。夏の盛り、馬車や御簾の中はむしろ蒸し暑いばかりだ。

ただただ強い恐怖が、〝薊姫〟を震えさせていた。

そう――

彼女は火炎魔法のことが恐《こわ》い。

幼少のころ初めて力に覚醒《かくせい》した彼女は、意図せず乳母の手を焼いてしまったから。

優しい乳母は一生消えない火傷《やけど》を負ったにもかかわらず、許してくれた。むしろ彼女のことを国の宝だと、誇らしげに抱き締めてくれた。

それでも彼女にとっては一生消えない心の傷だ。その後、必死に修業に打ち込んで、完璧《かんぺき》に魔法をコントロールできるようになった今でも。

彼女は戦争のことがもっと怖《こわ》い。

この魔法《ちから》を思いきり使うことへの忌避感《きひかん》、さらにはいったい、い、い、何を自分は焼き滅ぼしてしまうのだろうかと、考えるだけで身震いが止まらない。

かつて城市《まち》を一つ丸ごと焼却した時は、邪悪な儀式で魔物と化した公爵と、そのものに魂を売った冒瀆《ぼうとく》の民しか中にはいないと聞かされた。

こたびの戦役では、ハ・ルーンというのは闇《やみ》の神の落とし子たる悪鬼どもの国で、この危険な隣国を滅ぼさなければ、トルワブラウはやがて侵略を受け、国民は全て彼らの奴隷にされてしまうと聞いた。

（本当にそうなのでしょうか？）

恐くて、恐くて、〝薊姫〟はそれ以上深く考えることをやめる。

強大な魔法《ちから》に対し、彼女の心はあまりに弱く、幼く、脆《もろ》かった。

そうなるよう周囲の大人たちに望まれ、王城の深窓で育てられた。

だから、他のことを考える。

優しい父王、優しい母妃、優しい兄姉、優しい乳母、優しい友人、優しい侍女たち、優しい近衛《このえ》たち、優しいネビル将軍――

彼らの顔を順に脳に思い浮かべていく。

そして、神に祈る。

「炎と戦《いくさ》の女神フィアよ、ご照覧あれ。私の大切な人々を、悪鬼の奴隷にはさせないために、私に戦う勇気を与えたまえ」

そして願わくば、悪鬼たちにも慈悲を、彼らの魂が救済されることを、賜らん――

〝薊姫〟は胸の前で手を組んだまま、落としていた顔を上げ、瞑《つむ》っていた目を開き、天を仰《あお》ぐ。

同時に莫大《ばくだい》な魔力を全身から迸《ほとばし》らせ、火炎魔法を完成させる。

馬車の外へと拡散した魔力が陣風を巻き起こし、それが吹き去った後に、無数の火種を産む。

火種は見る見る大きくなり、炎の怪物へと成長していく。

虎翼陣を敷くトルワブラウ軍の周りを円で囲むように、数えきれない炎の怪物どもが顕《あらわ》れた。

「出たな、バケモノめ」

ユーリフェルトは皮肉っぽく片頬を歪め、呟く。

だがその目は、敵陣最後方にある馬車をひたと見据えている。

「生きては返さん。必ず今日、決着をつけてやる」

その眼差《まなざ》しは酷薄を極め、蒼《あお》い瞳《ひとみ》は血が通わぬが如く冷えきっていた。

やがてトルワブラウ軍が進軍喇叭《らっぱ》を号奏する。

出来栄《できば》えの悪い人形めいた姿をした炎の怪物どもを先陣に、こちらへ向けて山登りを開始。

近づく者を敵味方の区別なく襲うしか能のない奴らだが、林立する木々を避けて進む程度の分別はあるようだ。おかげで連中が山に分け入っても、燃え移って火事になったりはしない。

怪物どもを前面に立たせた北国兵たちが安心し、また勇ましく登山行軍してくる。

無数の怪物と二万の兵が迫り来る。

「怯《ひる》むな！　応射せい！」

それを見た総司令キンゲムが大喝し、帝国兵たちが一斉に弓射を開始した。

北国軍に対し、本日の帝国軍に陣形はない。山裾の地形に沿わせ、前に歩兵、後ろに騎兵を配置しているだけだ。

その歩兵も本日は大半に弓矢を装備させている。

ラマンサは土地柄、猟師が数多く住んでおり、需要に応《こた》えて矢の生産量も多い。駐留したのは短期間でも、補充には事欠かなかった。

さらにはトルワブラウ軍出陣の報を受けた時点で、その猟師たちの備蓄分も発行した軍票で買い上げていた。

帝国兵たちは遠慮なく敵陣へ矢の雨を降らせる。

無論、通常武器の効かない炎の怪物どもは無視して、追従する北国兵たちを狙《ねら》う。

帝国軍の方が山の高い位置を占めているため、矢も飛距離が出る。田園地帯で戦った時よりもさらに多くの敵本隊を射程に収めることができる。

逆に北国兵が返してくる矢は、高所を狙わなくてはいけない分、威力も飛距離も足りない。

連中の方が兵力で勝っているのに、矢戦は帝国有利の構図となる。

さらには、帝国軍は徐々に後退しつつ矢を射ることで、ずっと彼我の距離を保ち続ける。

炎の怪物にそもそも接近させない。

これはユーリフェルトの作戦だった。

怪物どもの追い足の鈍さは田園地帯で確認済みだったので、兵らにも精神的な余裕がある。

後退の足並みも一斉射も、綺麗に揃えて実行できていた。

ただし、不利な戦況となったトルワブラウ軍が慌《あわ》てているかというと、その様子もない。

いくら帝国軍が後退を続けるといっても、山頂方向へ退《しりぞ》いている以上は、いつかは逃げ場を失う。トルワブラウ軍もそれがわかっているから、頂上へ追い詰めた後でじっくりと炎の怪物どもをけしかけ、料理してやればいいと考えている。

やはり炎の怪物どもを――〝薊姫〟の火炎魔法を攻略しないことには、帝国軍は敗亡必至。


そこでユーリフェルトの、もう一つの作戦である。

今日の戦いで帝国軍は一切、手押しポンプを用意していなかった。

そもそも水場の近くに布陣していなかった。ラマンサの山岳地帯には川も池も温泉も豊富にあるというのに、敢えてだ。

昨日の軍議でも諸将らが困惑していた。

「では放水作戦はどうするのだ？」

「未《いま》だ百ほどとはいえ、せっかく揃えたポンプは如何する？」

と質問攻めに遭った。

果たしてユーリフェルトは臆さず答えた。

「このミズロに来てからというもの、私は地元猟師の中でも特に天候に詳しい者を探し求め、ようやく話を聞き出すことができました――」

その突拍子もない言葉に、しかし諸将らがまずは黙って耳を傾ける。

これが実績だ。信用だ。

ユーリフェルトは大いに満足して続けた。

「その長老格の猟師が言うには、ラマンサは山火事とは無縁の土地柄だというのです。この地の山颪《やまおろし》は稀《まれ》に見る強烈さで、火事が起これどすぐに吹き飛ばしてしまうのだそうです」

「おお……なんとっ」

「そのようなことがあるのか！」

「まさに大自然の奇跡と言う他ないな……」

諸将らは驚嘆《きょうたん》し、また顔に喜色を浮かべた。

ユーリフェルトが言わんとすることを理解していた。

「つまりこのラマンサでは放水作戦を行わずとも、山颪が吹くのを待つだけでよいのだな？」

「山火事さえ消し飛ばすほどの風だ。怪物どもだとてひとたまりもあるまいよ」

「いや、さすがグレン卿は抜け目がない。いつの間にそんなことを調べておられたのか」

諸将らや虎騎将軍《こきしょうぐん》ザザが、大いに納得した様子となった。

「豹騎《ひょうき》の言やよし！　この大自然の奇跡を利用せぬ手はない！」

総司令キンゲムが膝を叩いて快哉《かいさい》を叫ぶと、作戦を承認した。

そして本日――戦場各所で指揮を執っている帝国軍諸将らが、その山颪を待っていた。

山頂から裾野へと吹き降ろす剛風を、今か今かと待ちわびていた。

一人、ユーリフェルトは冷淡に、帝国軍を追うトルワブラウ軍が、山中深くに引き込まれるのを待つ。その後方にいる五台の馬車も、麓に取り残されるのを嫌ってだろう、無理やり登山を始める様を確認する。

ユーリフェルトは満足すると、独白した。

「十――」

すぐ隣には総司令キンゲム。周囲には司令部付属の僚将や幕僚たち。

彼らに聞こえよがしに、今度は大きな声で独白した。

「九――」

何事かと振り返る周囲を無視し、独白を続けた。

それで勘の良い者たちがまず気づいた。

「八――」

ユーリフェルトは数え上げているのだと。

山颪が吹くその瞬間を悟り、秒読みしているのだと。

「「「七！」」」

ユーリフェルトのカウントダウンに合わせ、いよいよ周囲が唱和を始めた。

キンゲムなど子どものように無邪気に叫んでいた。

「「「――六！　――五！　――四！　――三！　――二！　――一！」」」

司令部全体が一丸となって数を読み上げる。

そして、皆で零《ゼロ》を数えた瞬間――

ユーリフェルトの蒼き瞳に、魔力の煌《きら》めきがカッと点《とも》った。


「「「おおおおお！」」」

「「「おお……っ」」」

諸将らが、諸兵らが、次々と驚声を上げ、くぐもったどよめきとなった。

山頂から吹き降ろす強烈な風を感じ、次第に歓声に変わっていった。

「見ろ！」

「怪物どもが次々と吹き消されていくぞ！」

「カイト将軍の策が成った！」

「神懸かりだ！　神懸かりだ！」

「今こそかかれッ」

「突撃用ーーーーーーーーー意ッ」

諸将らが、諸兵らが、喜び勇んで山肌を駆け下りていく。

麓からにじり寄るトルワブラウ軍へ、逆に突撃を仕掛けていく。

炎の怪物さえ消滅すれば、彼らに恐れるものは何もない。

たとえ敵軍の方が数で勝ろうと、こちらには高所をとった地の利がある。勢いがある。

何よりついに火炎魔法を攻略したという、肚《はら》の底から湧《わ》き上がるような士気がある！


高揚《こうよう》を覚えているのは、狼騎将軍マルクも例外ではなかった。

「チッ。〝ザッフモラー〟のホラではなかったか。まさか本当に吹くとはな」

などと悪態をつきつつも、騎馬に跨《また》がる動作が軽い。

山颪が吹かずに「グレン」が赤恥をかく方が面白かったが、吹いたら吹いたでマルクに困ることはない。

鬱憤《うっぷん》ならばトルワブラウ軍相手にも溜《た》まりに溜まっており、それを晴らすチャンスだった。

手柄を立てる絶好機だった。

魔下《きか》五百騎にも騎乗を命じる。

どの部隊よりも勇敢に敵陣へ突撃し、勇猛に敵を屠《ほふ》り尽くすのだ。

「我に続けッ！　後れをとるなよ！」

率先垂範して騎馬を駆り、マルクは斜面を駆け下りていく。

「グレン」がめっきり後方で軍師面《づら》をするようになった今、北国兵どもに〝一騎当千の化物《ザッフモラー》〟と呼び畏れられるようになるのは己だと、マルクは信じて疑わなかった。


誰も彼もが功に逸《はや》り、獰猛《どうもう》にトルワブラウ軍へ突撃していく。

司令部に残るキンゲムら一部諸将が、もはや後方指揮というより応援団となって囃《はや》し立てる。

その隣でユーリフェルトは、一人、冷酷に眺める。

（火事さえ吹き消す山颪だと？　大自然の奇跡だと？　そんなものが実在する、い、い、い、い、い、い、か、か、か）

片頬を皮肉っぽく吊《つ》り上げる。

そう、山颪など吹いていない。

ユーリフェルトの美しい蒼髪《そうはつ》は微塵《みじん》もそよいでいない。

ならば、なぜ味方の将兵らは浮かれ騒いでいるのか？

決まっている。

強い山颪が吹いていると、幻覚を感じさせてやっているのだ。

炎の怪物どもが残らず吹き飛ばされた、幻影を見せてやっているのだ。

全てユーリフェルトの魔法の仕業だ！

何も知らない前線の将兵らは、我先に争うように山肌を駆け下りていく。

いくいくいくいく
麓からにじり寄る炎の怪物へ、逆に突撃を仕掛けていく。

将兵らには見えない。何も感じない。ユーリフェルトが帝室の魔法を使ってそうした。

ゆえに何も恐れない。

怪物どもと激突し、炎の腕《かいな》で抱かれても、痛みも感じず走り続ける。

半ば火ダルマと化しながら、奥にいる北国兵たちへと突撃していく。

敵兵からすれば、堪ったものではないだろう。焼かれながらも平気で走り続ける帝国兵の姿は、正気の沙汰とは思えないだろう。

トルワブラウ人たちは残らず驚き、慄《おのの》き、しかし命令もないのに逃げ出すわけにもいかず、燃える帝国兵たちの吶喊《とっかん》を受ける。

結果、諸共に燃える。

ユーリフェルトの幻影魔法下にない北国兵たちは、生きながらに焼かれる激痛に見舞われ、そこら中を転げ回る。

さらには草木にまで燃え移って、盛大に広がっていく。山火事となっていく。

帝国軍が、トルワブラウ軍が、煉獄《れんごく》めいた光景に囲まれていく。

もはや炎の怪物も何も関係ない。大自然の災害が彼らを殺す。敵味方の別なく将兵らを焼き、殺し尽くしていく。

際限なく広がる山火事は敵陣司令部を取り巻き、帝国軍本陣まで迫りつつあるほどの火勢。

酸鼻を極めたその様をユーリフェルトは冷酷に一瞥《いちべつ》すると、一人、戦場から立ち去った。

総司令の隣に立つ、己の幻像を残して。

狼騎将軍マルクは哄笑していた。

哄笑しながら騎馬突撃していた。

「見ろ！　トルワブラウの貪狼《どんろう》どもが逃げ惑っているぞ！　我らの武威に恐れ慄いているぞ！　火炎魔法がなければ何もできぬ雑兵どもめ！　このマルクが蹴散《けち》らしてくれるわ！」

もはや自慢の槍《やり》をしごく必要もなしと、騎馬を駆り続けた。

その自慢の愛馬ごと半ば火ダルマになっている自覚はなかった。

ゆえに、炎上したまま笑いながら突撃してくる騎兵がいれば、どんなに勇敢な兵だとて狼狽《ろうばい》して道を開けるのは当然だと、マルクには最期まで理解できなかった。

まるで歴史に名を残す英雄たちの如く、自分が一騎当千の武者働きをしているという幻想を抱いたまま、焼け死んでいった。

トルワブラウの新進気鋭、将軍ネビルは絶句していた。

後方司令部から指揮を執るのも忘れて絶望していた。

炎上しながら平気で突撃をしてくる敵軍を相手にどう対処しろというのか、彼の犀利《さいり》な頭脳を以《も》ってしても答えを出すことができなかった。

〝薊姫〟が生み出す怪物どもは全身が炎でできているがゆえに、剣も槍も通じない無敵の存在である一方、敵突撃を食い止める壁役にはなり得ぬのだと、今さらながらに痛感した。

もはや全軍撤退すべき状況だが、山火事に巻かれた中ではそれも難しかった。

「こんなのはもはや戦争ではない……。オレの領分ではない……」

無惨に焼き殺されていく兵らを眺めながら、ネビルは無力に立ち尽くす。

帝国の魔法に対抗するには、こちらも魔法を持ち込むしかないと思っていた。

〝薊姫〟の親征が叶った時点で、トルワブラウの勝利は揺るがないとほくそ笑んでいた。

大きな誤りだった。

尋常の戦を続けた方が、まだしも己の手腕で勝利をもたらすことができたかもしれないのに。

後悔しても、もはややり直すことはできなかった。

ラマンサでの戦いは帝国軍、トルワブラウ軍、双方全滅という結果に終わった。

山火事に巻かれ、また炎の怪物どもが依然として跋扈《ばっこ》する中で、生きて逃げ帰ることのできた者は極めて少なかった。

それは例えばユーリフェルトのように主戦場から離れた場所にいて、且《か》つ早々に離脱を決断した者でなければ難しかった。

あるいは逃げ惑った先が、火の回りの遅れている場所だったという幸運に恵まれた者たちが、火傷に苛《さいな》まれつつも下山することができた。

なんにせよ、記録上では「全滅」と残された。


また後世の史書の多くでは、こう記されることになる。

曰《いわ》く、

「多大な犠牲を伴った、帝国軍の勝利」

――と。

将兵らの損失は度外視し、あくまで〝薊姫〟を喪失したトルワブラウ側の敗北だと。

エピローグ

セイは真っ白に燃え尽きていた。

北部戦線での大勝利と、ヴェール再奪還の報に沸くパラ・イクス宮。

だが皇帝たるセイには全《ま》っっったく喜べない。

「トルワブラウ軍の侵略部隊を壊滅させたのはいいけどよぉ……こっちの被害も一万人超え⁉　式部《しきぶ》に借りた兵も全滅⁉　なにやってんだよ……なにやってくれちゃってんだよぉ……」

執務机に突っ伏し、頭を掻《か》きむしる。

帝国の政治責任者として、この大損失をどう穴埋めするか、セイの破格の頭脳を以《も》ってしてもにわかには答えが出ない。

「ああああもおおおおおおおっ、ユーリがついていながら何やってんだよおおおおお」

敵味方がまとめて焼け死んだという凄惨《せいさん》な結果が、まさかそのユーリフェルトによる常軌を逸した作戦だったとは、さしもの彼も思いも寄らない。

八つ当たりだと自覚しながら、ユーリフェルトへの憤懣《ふんまん》をふつふつと沸き立たすセイ。実は恨《うら》みをぶつける対象として適正なのに。

なお大声では言えないが、万を超える兵が戦死した惨事に対して、悼む気持ちはあまりない。北部方面軍に友人知人がいるわけではなし、セイにとっては正直まさに対岸の火事。

他人の死で涙が出てくるほど、偽善的なメンタリティーは持ち合わせていない。

逆に例えば、セイの親友が商売で失敗し、帝都から夜逃げしたことを、軍の誰かが同情してくれるだろうか？　仮にも商人ならそれくらい覚悟しておけと言われるのがオチだろう。そういうことだ。

とにかく目の前の政治的案件で頭はいっぱいだった。

「どうしよミレニアさぁん……」

信頼する筆頭秘書官に、恥も外聞もなく泣きつくセイ。

一方、ミレニアもこの頭の痛い事態に蒼褪《あおざ》めている。

しかも何やら一通の手紙を取り出すと、

「ユーリフェルト様から密書が届いております……」

と震える手で差し出してくる。

秘書官の職務として彼女は先に中を確認したのだろうから、嫌な予感しかしない。

セイも震える手で受けとり、書面に目を通した。

『十月まで待てば増援を送るという約束、忘れるなよ？』

と一言、書かれていた。

「ムチャクチャ言うなクソオオオオオオオオオオオオオオオオオオオッッッ」

セイの絶叫がパラ・イクス宮に木霊《こだま》した。

◆

ユーリフェルトはヴェール総督府の屋上で寛《くつろ》いでいた。

風の強い日で、ここなら夏の暑さも吹き飛ばせるのではないかと踏んだのが、当たりだった。

欄干《らんかん》に背を預け、日が沈んでいくのを眺めながら、夕涼みに興じる。

トルワブラウ軍とともに帝国軍を道連れにさせたユーリフェルトが、どうやってヴェールを再奪還したのか？

タネを明かせば簡単な話だった。

共倒れ前提でトルワブラウ軍を全滅させ、〝薊姫《あざみひめ》〟を抹殺《まっさつ》する計画だったからこそ、エファやテッソンら男爵家譜代《ふだい》の騎士、及び直属の騎兵隊は出陣させなかったのだ。

別働させて奇襲作戦に使うとキンゲムらに言い含め、その実、温存したのだ（ただし、〝薊姫〟が搭乗しているのだろう馬車がもし登山せず、麓《ふもと》に残る判断をしていた場合、そこへ強襲をかける用意はテッソンらにさせておいた）。

そして、ユーリフェルトはまんまと彼らを率い、ヴェールを急襲した。

ラマンサまで行軍してきたトルワブラウ兵の数から、拠点都市の守りは薄いことが見て取れたがゆえの、大胆な作戦行動である。

実際、読みは当たっていた。守備に残っていたのは、予備役も間近ではないかという年寄りの兵たちが少しと療養中の負傷兵ばかりだった。

ヴェールは人口十万を擁する大都市。その外郭全域を交代で見張るには到底、覚束《おぼつか》ない兵数といえる。しかも都市内の警邏《けいら》とて疎《おろそ》かにはできないのだ。

城壁の上に立つ歩哨《ほしょう》が明らかに足りていないのが、城外から見てわかるほどだった。

そこでユーリフェルトは一計を案じ、二つの幻影魔法を用いた。

まず南郊外に万を超える帝国軍の幻像を出現させ、城内のトルワブラウ兵に恐怖を与えるとともに、ただでさえ足りていない歩哨たちの意識をそちらへ集めさせた。

次いで外郭の西側から、ユーリフェルトと麾下《きか》五百人が梯子《はしご》を使って侵入する様を、幻覚で隠蔽《いんぺい》したのだ。

後はもう大暴れするだけ。城内に突如として現れた彼らに、敵兵らも混乱を極めた。グレンによく鍛えられた兵らや、男爵家譜代の騎士らの敵ではなかった。

トルワブラウ側も負傷兵を抱えている事情や、南郊外に集結した幻の大軍への恐れもあったのであろう、早々にヴェールを放棄して退却していった。

ラマンサとは打って変わった、敵味方ともに出血の少ない、鮮やかな奪還劇であった。


――と。


そういう経緯でユーリフェルトは現在、優雅に夕涼みできる立場にあるのだった。

夕食の用意ができるまですごすつもりでいると、エファが呼びに来た。

しかも何やら憔悴《しょうすい》した顔で、足取りも不安定、声までか細い限りで、

「お、お待たせしました、ゆ、ユーリフェルト様～」

「どうした？　フラフラではないか」

「そりゃフラフラにもなりますよ～。『どうした？』じゃないんですよコノヤロ～」

抗議の声にもいつものキレや勢いがない。

ふむ、とユーリフェルトは考え込む。

攻城戦は勝てば終わりというものではない。獲った都市を維持するのが肝要なのだ。

ゆえにそのための戦後処理を、たった五百人でやらなくてはいけなかった。

ヴェールは元は帝国領だから市民に手を嚙《か》まれる恐れはない分、楽に統治ができるとはいえ、最低限の事情説明や布告はして回らないといけない。なにしろ十万都市だから、その最低限で

も骨が折れる。

他《ほか》にやるべきこともいくらでもあるが、中でも急務なのは国葬の準備である。ラマンサで散った一万五千の将兵の鎮魂——という体裁は、必要不可欠な政治的パフォーマンスであり、盛大に入念に執り行わなくてはならない。

目まぐるしいとか、もはやそんな言葉では語ることのできない事態。

特に総指揮を委《ゆだ》ねたエファとテッソンの仕事量は、まさに殺人的。

加えて彼女にはユーリフェルトの食事の用意等、身の回りの世話まで当然の如《ごと》く任せていた。

それらエファが置かれた状況（正確にはユーリフェルトが置いた状況）が如何《いか》なものか、彼は理性を以って正確に推測した。理性を以ってそこから導き出した言葉を彼女にかけた。

「おまえもまだまだ鍛え方が足りないようだな」

「ねぎらいの一つもないんですか～～～っ」

エファはもう涙ぐんで抗議してくる。

しかし、ユーリフェルトはやれやれと肩を竦《すく》めるばかり。

(姉の方が出来物だからな。妹の方はすっかり甘え癖《ぐせ》ができてしまったか)

などと内心では考えている冷血皇帝。

「もういいですよっ。早くご飯にしましょ～」

「ああ、さすがの余も小腹が空いた」

「働かないで食べるご飯はさぞ美味《おい》しいでしょうね〜」

「？　普通に考えて、よく労働した後の方が食事は美味《うま》く感じられると思うが？」

「今のは嫌味を言ったんですっ」

エファはぷりぷり、フラフラしながらさっさと行ってしまった。

ユーリフェルトも後を追う。

が、その前にもう一度、屋上からの眺めを振り返る。

ここからは城市《まち》の様子を広く見渡すことができる。

町行く人々の様子も見て取ることができる。

みな一様に顔色が暗く、肩を落としているのは──ごく短期間に帝国とトルワブラウの間を行ったり来たり、四度も支配者が変わる異様な事態に──誰もが先行きの不安を覚えているのだろう。

しかしユーリフェルトは一瞥《いちべつ》しただけで、さほど気にも留めない。

帝国《くに》が復興すれば、民草《たみ》の幸福な未来など後からついてくる。その逆はないとセイに言った、己《おのれ》の信念は変わらない。

だからユーリフェルトは膝元《ひざもと》にある町ではなく、ただ暮れなずむ北の空を眺めた。

その先にあるトルワブラウを想《おも》った。

今の彼は将軍であり、戦《いくさ》はまだ終わっていない。

一騎当千のグレンが、絶体絶命の窮地に陥《おちい》っていた。

具体的にはナーニャとステラに左右から、冷たい目で見られていた。

なぜならグレンは全裸の少女を抱えて帰ってきたからだ。

「兄さんってホント、女の子を助けるのが好きだよねえ」

「きっとモテモテの星の下に生まれたんだろうねえ」

などと皮肉をたっぷり塗《まぶ》した言葉をぶつけられる。

「い、言うほど女性ばかり助けているでしょうか、私は？」

さすがに誇張ではないかと、冷や汗混じりに弁明するグレン。

しかしナーニャとステラにはツーンと無視されてしまう。

ミズロの町でも屈指の、老舗《しにせ》の温泉宿。

バトラン商会の名義でとったその部屋へ、グレンは少女を運び込んでいた。

意識を失った、見ず知らずの娘だ。

「後始末する身にもなってよね。猫じゃないんだから、気軽にひろってこないで欲しいわ！」

「早く返してきなさい——ってわけにもいかないしねえ、今さら」

「す、すみません……」

二人の白眼視にたじたじになったグレンは、目を逸《そ》らすように腕の中の少女を見下ろす。

幼い顔立ちと華奢《きゃしゃ》な肢体《したい》は、年端も行かない娘に見える。

しかし、骨格でも他人を観察する超一流の剣士の勘は、二十歳近いと告げている。

病弱なのか、肌は純白を通り越した蒼白《そうはく》。

赤い髪だけが、目が覚めるように鮮やかだった。


こんな少女を、いったいどこでひろってきたのか？

答えは戦場である。

帝国軍とトルワブラウ軍が激突したその山中。

炎の怪物どもが跳梁《ちょうりょう》し、山林が恐ろしい速さで燃え広がっていく火災の巷《ちまた》。

将兵らの炭化した焼死体が至るところにゴロゴロと転がり、鳥や獣の声すら聞こえないその煉獄《れんごく》を、グレンは平気で疾駆《しっく》していた。

ただしお気持ち的にはすっかり滅入《めい》っている。

（結局、気になって様子を見に来てみれば……まあなんとひどい戦場だ）

と、顔を顰《しか》めるグレン。

翻《ひるがえ》って平穏な暮らしのありがたみを噛みしめる。

（せめて陛下だけでもお救いせねばと思いましたが……）

ここまで山火事が広がっていると、不可能と判断する他なかった。

グレン自身は平気でも、ユーリフェルトが今なお無事でいられるとは思えなかった。

火事に巻かれる前に逃げ出してくれていることを、祈るしかなかった。

もちろん、ユーリフェルトはとっくにそうしているのだが、神の視座を持たぬグレンは知り得なかった。

（ミズロに帰りますか）

火事の中、山の中腹まで調べ回ったところで、グレンは諦《あきら》めて折り返す。

その下山途中のことだった。

行く手に炎上している馬車を見つけた。木の幹にぶつけて立ち往生しているところを、火災に巻かれた様子だった。

（事情も戦況もあったのでしょうが、こんな道もない山間に馬車で入るなんて……）

逃げ切れる道理がない。

同情と呆《あき》れる気持ちの相半ばになりつつ、馬車の周囲を見回す。

乗員、あるいは護衛だったのか、炭化した焼死体がいくつも。

そして、生存者が一人だけ。

まだ若い赤毛の娘が、うつ伏せに倒れていた。

なんという幸運の持ち主だろうか？　そこだけ炎がよけたように無事だった。
まさか本当に炎の方から少女を避けたのだと、グレンも思い至らなかった。
さらにはなぜか一糸纏《まと》わぬ姿なのだが、そこにいま頓着している余裕もなかった。
一刻も早く山火事から逃がしたい一心で、少女を抱え上げる。
（様子を見に来た甲斐《かい》がありました）
たった一人、されど一人、救出できた意義はグレンにとって大きい。
父親から実際的な軍人根性を叩《たた》き込まれてはいるが、根っからのお人好《ひとよ》しなのだ。
ミズロに向かって全力疾走《しっそう》で下山する。

その「たった一人」「されど一人」を連れてきてしまった政治的意味を、グレンが知るのはずっと後のことだった。

あとがき

皆様、お久しぶりです。あわむら赤光《あかみつ》です。

この二巻もお手にとってくださり誠にありがとうございます。

三巻も頑張って執筆しておりますので、ぜひぜひ引き続き応援していただけますと、本当にうれしいです！


そして今作とは関係のない話で恐縮なのですが、この二巻が刊行されます五月には、『処刑少女の生きる道』のアニメがテレビ放映される予定です。

というか四月には始まっておりますので、既にクールの半ばに突入しているはずなのですが、僕がこのあとがきを書いております三月現在は、まだ一話すらも放映されてない状態。「皆様も楽しんでますか？」とか書いちゃうと、なんか未来に当てた手紙みたいですね。

またこのあとがきを書いております三月現在、僕は絶賛アニメ放映中というか、佳境に突入した『天才王子の赤字国家再生術』を毎週、すごく楽しんでおります。

五月にこの二巻が発売されて、僕がこのあとがきを実際に目にするころには、アニメ『天才王子』を懐かしんでいるのかな？　とか想像するとちょっと面白いです。

なんだかややこしい話になってゴメンナサイ！


この流れで謝辞のコーナーに参ります。

まずは「我が道を征き、何物も顧みない男」の危うい魅力を、見事に表紙で描いてくださいました、イラストレイターのNoy様。

今巻もこちらが恐縮してしまうような気合とカロリーの入った素晴らしいイラストの数々、ありがとうございます！　本当に頭が下がるばかりです。

担当編集のまいぞーさん。書いてる僕は気づきにくい問題点のご指摘、毎度助けられております。

今後ともよろしくお願いいたします。

GA文庫編集部と営業部の皆さんも、引き続きご支援お願いいたします。何卒、何卒。

そして、勿論、この本を手にとってくださった、読者の皆様、一人一人に。

広島から最大級の愛を込めて。

ありがとうございます！

三巻は謎の少女をひろってしまったグレンのお話の予定です。乞うご期待であります。

ファンレター、作品の
ご感想をお待ちしています

〈あて先〉

〒106－0032
東京都港区六本木2－4－5
ＳＢクリエイティブ（株）
GA文庫編集部 気付

「あわむら赤光先生」係
「Noy先生」係

本書に関するご意見・ご感想は
右の QR コードよりお寄せください。

※アクセスの際に発生する通信費等はご負担ください。

https://ga.sbcr.jp/

ルーン帝国中興記 2
～平民の商人が皇帝になり、皇帝は将軍に、
将軍は商人に入れ替わりて天下を回す～

発　行　　2022年5月31日　初版第一刷発行
著　者　　あわむら赤光
発行人　　小川　淳

発行所　　SBクリエイティブ株式会社
〒106－0032
東京都港区六本木2－4－5
電話　03－5549－1201
03－5549－1167(編集)

装　丁　　AFTERGLOW

印刷・製本　中央精版印刷株式会社

ISBN978-4-8156-0948-1
Printed in Japan　　GA文庫

試読版は
こちら!

お隣の天使様にいつの間にか
駄目人間にされていた件6
著：佐伯さん　画：はねこと

GA文庫

　真昼の支えもあり、過去の苦い思い出と正面から向き合うことができた周。実家で真昼を可愛がる両親と、家族のぬくもりを喜ぶ真昼の姿を微笑ましく眺めながら、改めて隣にいてくれる彼女のありがたみを実感し、真昼のそばに居続ける決意と覚悟を新たにした。

　夏も終わりに近づき、二人で浴衣を着て出掛けた夏祭り。少しずつ素直に気持ちを伝えあうようになった周と真昼の、夏の思い出は深まっていく——

　可愛らしい隣人との、甘く焦れったい恋の物語。